Mirjam van der Vegt
Het naaiatelier

Novelle

MOZAÏEK, ZOETERMEER | BCB, HARDERWIJK

Bij de productie van dit boek is gebruikgemaakt van papier dat het keurmerk Forest Stewardship Council® (FSC®) draagt. Bij dit papier is het zeker dat de productie niet tot bosvernietiging heeft geleid. Ook is het papier 100% chloor- en zwavelvrij gebleekt.

MIX
Papier van verantwoorde herkomst
FSC® C110751

Het naaiatelier is een uitgave van Uitgeverij Mozaïek in samenwerking met de Brancheorganisatie voor het Christelijke Boeken- en Muziekvak (BCB) ter gelegenheid van de Week van het Christelijke Boek 2016.

Brancheorganisatie voor het Christelijke Boeken- en Muziekvak

Omslagontwerp: Studio Vrolijk
Omslagbeeld: Elmarie Bouma
Lay-out en dtp binnenwerk: Geert de Koning
Foto auteur: Eljee

ISBN 978 90 239 9678 1
NUR 301

© 2016 Uitgeverij Boekencentrum, Zoetermeer

Alle rechten voorbehouden

*What if
I fall?*

*Oh, my
darling,
what if
you fly?*

ERIN HANSON

Voor Elmarie
en alle 'kwartels'

De binnenplaats

Afghanistan

Sinds de dag dat mijn moeder en mijn zusje werden weggestuurd uit het grote familiehuis, is er die vreemde ruimte in mijn hart die steeds maar groter wordt. Het helpt als ik beweeg. Al rennend spring ik over het open riool midden in de stad. Heen en weer, totdat ik op de *bazaar** beland: een oase van kleuren en geluiden waarin ik oplos.

Vandaag worden de kippen geslacht en daar wil ik niet bij zijn. Mijn moeder zong als ze de beesten aan hun poten oppakte, omdat ze geloofde dat ze dan eerder wegzakten in die vreemde slaap waardoor ze zo stil bleven liggen. 'Je hoeft alleen maar het goede lied te kiezen, jongen,' hield ze me steeds voor, als het me weer niet lukte. Nu wonen mijn moeder en ik niet meer bij elkaar en mijn ooms en tantes – bij wie ik ben achtergebleven – zingen niet.

De kippen worden geslacht vanwege het feest waar oom *Malik* het al maanden over heeft. In het naaiatelier hangen de jurken voor de bijeenkomst van morgen al een paar dagen klaar. Het zijn mijn jurken. Ik heb ze ontworpen en in elkaar gezet, al mag niemand dat hardop zeggen.

Mijn neef *Ramin* zal ooit eigenaar zijn van naaiatelier Malik en wie dat nog niet doorheeft, komt daar gauw genoeg achter. Toen een klant onlangs vroeg om een jurk van mijn hand, was mijn oom opgestaan en had ieder woord

---

* Achter in deze roman is een verklarende lijst van Afghaanse woorden en namen opgenomen.

met nadruk uitgesproken. 'Wij verkopen alleen jurken van Malik. Voor iets anders bent u hier verkeerd.' Hij pakte Ramin bij zijn schouders en was verdergegaan: 'Alle ontwerpen komen van mijn zoon, begrijpt u dat goed.'

De mensen kijken als ik door de smalle steegjes richting de bazaar ren. Het kan niet anders of mijn moeder en zusje weten dat ik de jurken heb gemaakt. Waarschijnlijk hebben zij de geruchten gevoed dat de mooiste jurken uit het atelier gemaakt zijn door *Jabir*, het wonderkind dat mocht blijven na de dood van zijn vader en de verbanning van zijn moeder.

Waarom zou die oude vrouw anders zo naar me knipogen? 'Nog één nachtje, jongen.' En waarom krijg ik een warm naanbrood mee uit de vlammen van de *tandoor* van de bakker en zegt hij dat zijn vrouw me gauw een keer wil spreken?

Vandaag is het naaiatelier vanwege alle voorbereidingen gesloten. Toch glip ik bij thuiskomst het pand, dat aan het huis vastzit, binnen. Oom Malik is er niet en de jurken hangen op de paspoppen tegen de achterwand. Ik wilde dat ze daar voor altijd konden blijven, want dan wordt het oog niet getrokken naar de scheuren in het gordijn, de plankenvloer vol gaten en het raam dat al tijdenlang kapot is. Voor elke jurk blijf ik een poos staan. Een lichte buiging, een kleine danspas, precies zoals ik mijn vader vroeger soms zag doen als hij voor mijn moeder stond. Een heel klein draadje steekt nog ergens uit. Waar is mijn schaar? Ik hang hem altijd op dezelfde plek, maar de muur met de spijker erin is leeg. Hij ligt niet op de lange pastafel. Ook niet bij de naaimachines en op de vloer eronder.

Het is de schaar van mijn moeder. Er is geen betere.

Als ik mijn hoofd stoot tegen de onderkant van de tafel, klinkt zijn lach. Oom Malik.

'Verstoppertje aan het spelen?'

Vlak voor de jurken maak ik me zo groot mogelijk; ze zijn mijn achterwacht. 'Mijn schaar. Ik zoek mijn schaar.'

'Ah...' Oom Malik laat een stilte vallen. Dan: 'Je blijft morgenavond uit het zicht. Begrepen?'

'Mijn schaar.' Ik steek mijn hand uit.

'Ramin. Ik vermoed dat Ramin...'

Ik weet genoeg. De kippen worden altijd op het binnenplein geslacht, dus stuif ik de brandende zon in, de muren van de galerij flitsen langs me heen. Midden op het plein sta ik stil. Mijn tantes hurken in de schaduw. Ze plukken de dode kippen al; de veren liggen overal rondom hen verspreid. Mijn zusje *Noor* en ik mochten ze altijd oprapen. Meestal gaf ik die van mij aan Noor, die er verentooien van maakte. Maar het enige wat ik nog van mijn familie heb, is de schaar.

Ramin maakt zich los uit de schaduw. Grijnzend gooit hij iets in de lucht. 'Ha Jabir, miste je iets?' Vangen lukt niet. De schaar valt op de veren, die opdwarrelen. Ik grijp het handvat beet, maar laat het ook direct weer los. De schaar zit vol bloed.

Ramins lach schalt hol over de binnenplaats: 'Je kunt er uitstekend kippen mee slachten.'

Zijn aanhoudende gelach weerklinkt steeds luider; niet alleen hierbuiten, maar ook binnen in mij. Heel stil blijven zitten nu, met dichte ogen. Maar deze keer lukt het niet. Alle veren op de grond zijn rood. Ramin is rood. Alles is rood.

Ik pak de schaar en sta op. De vrouwen gillen en gooien de kippen aan de kant. Ramin is sterker dan ik.

Schemering

Nederland, 11 jaar later

Praten is voor vrouwen, zei mijn vader altijd. Ik moet hem gelijk geven. Woorden zijn mijn vijand. Ze laten me in de steek als ik ze nodig heb en vertellen nooit wat ik voel, beleef of eigenlijk wil zeggen. Bovendien hebben ze verschillende klanken. In mijn hoofd is het *Dari* – mijn moedertaal –, naar buiten toe zijn het woorden die ik heb aangeleerd. Waarom zegt iedereen dat ik goed Nederlands spreek en word ik desondanks niet begrepen? Misschien houd ik daarom van naaien. Als ik naai, is er geen ruimte voor woorden. Maar zodra de machines zijn stilgevallen, zoals nu in de schemering, duiken de zinnen op uit alle schuilhoeken.

Elna weet dat. Ze heeft thee gezet – zo zoet als zij als Hollandse kan verdragen – en steekt nu bedachtzaam een kaars aan. Daarna gaat ze op de stoel bij het raam zitten. Het blonde haar is uit haar knot geraakt en ik moet mijn handen bedwingen het niet aan te raken. Het lijkt op gouddraad, op wonderlijke wijze nog niet verkleurd door de tijd die lijnen tekende in haar gezicht. Aan haar voeten staan de stoffen tassen die we vandaag hebben genaaid. Elna heeft ze ontworpen. Zij is de bedenker van dit naaiatelier en sommigen noemen haar *nanna*.

Elna draait zich naar mij toe, volkomen open en onbevangen – er is nog niemand in dit land geweest bij wie ik dat eerder zo heb ervaren. Aan de manier waarop ze haar voeten heen en weer draait, is pijn af te lezen, dus pak ik de rode leren poef en zet die naast haar neer. Ze glimlacht, terwijl ze haar benen strekt. 'Stop met zorgen, Jabir. Nu ben jij.'

Ik kijk naar buiten. Het licht van de dag is zachtroze en donkerrood geworden. Je kunt nog niet zeggen wie er het sterkste is: het licht of het donker.

Elna zegt niets. Zij is iemand die wacht, zolang ik haar ken. Al raakt zij ons nooit aan – een ongeschreven regel – toch voel ik haar altijd om mij heen.

'Die Ramin moet je niet vertrouwen. Hij heeft bloed aan zijn handen,' zeg ik. 'Hoe kan hij met deze handen een trouwjurk maken?'

Elna kijkt me aan, mompelt iets.

'Het kan niet.' Terwijl ik ga zitten, beweeg ik met mijn knokkels heen en weer over de versleten leuning van de bank. 'Ik werk niet samen met hém!'

'Hij is hier net aangekomen, hoe goed ken je hem nou? En wat heeft hij gedaan?'

Ze heeft een zachte stem. Mensen in dit land denken dat praten helpt. Urenlang kunnen ze een probleem van alle kanten bekijken en er iets van vinden, alsof het niets is. Dat doen ze niet alleen met hun eigen problemen, maar ook met de verhalen van anderen. Zo hebben ze mijn verhaal opgeschreven in dikke mappen en ordners. Urenlang lieten ze mij vertellen, ook al wilde ik het niet. In een zaal met koude muren moest ik mijn hart op tafel leggen, zonder dat ze mij verdoofd hadden. Ik keek van een afstand naar mezelf, terwijl er woorden op papier verschenen als *plausibel, getraumatiseerd, ongeloofwaardig* en *getekend voor het leven*.

'Ze geloven je niet. Laat eens zien wie je echt bent; dan

zullen ze je helpen,' zei mijn advocaat na afloop van zo'n sessie, terwijl hij me afwachtend aankeek. Ik zweeg.

Elna kijkt me nog steeds onderzoekend aan. 'Wat is er mis met die jongen?'

Ze zal het niet begrijpen en als ik de waarheid vertel, zal ze mij nooit meer geloven. Sinds de komst van Ramin heb ik geen oog meer dichtgedaan. Het is negen jaar geleden dat ik hem voor het laatst zag en nu weet ik weer waarom ik ben verdwenen. Als ik sliep, zou ik dromen over hoe ik Ramin langzaam kapotmaakte. Het is beter dat ik mijn ogen niet meer sluit.

'Jij zegt hem wat hij moet doen.' Elna's woorden klinken bedrieglijk eenvoudig. 'Op die manier samenwerken kan toch wel?'

'Hij eet mijn hart op. Bij hem verdwijnt mijn hart.' Mijn knokkels doen zeer van de kleine spijkertjes die aan de rand van de bankbekleding zitten. Ik sta op en ben al halverwege de ruimte als ze me terugroept: 'Kijk!' Ze komt overeind en loopt naar de deur. 'Jabir, ze zijn er weer. Kijk!'

Buiten zwieren duizenden stipjes aan de horizon. Ze komen steeds dichterbij. Van links naar rechts, van hoog naar laag. Een lange sliert die opeens een bal is, uiteenvalt en weer samenkomt. En weer hoog, en weer laag. Kerend, draaiend, tollend en dansend. Zo laag, dat je het ruisen van hun vleugels hoort. De lucht kleurt donkerder; het violet gaat over in donkerpaars. Spreeuwenwolken, zo heten ze hier, maar Elna noemt ze de *black sun*. Ze blijven lang deze keer. Op en neer, heen en weer. Je blik kan niet anders dan volgen. Opeens zijn ze verdwenen, en met hen het laatste daglicht.

'Ik heb zijde gezien,' fluistert Elna in de prille avond.

'Het leek op zuiver water toen ik er mijn handen in stak. Vergeet Ramin en denk aan wat we met die stof kunnen doen. Zullen we zaterdag op de markt gaan kijken?'

'Ja,' zegt mijn hart, en ook mijn mond, al kan ik genoeg woorden bedenken om ertegenin te gaan.

Zijde

De stof is net zo zacht als de herinnering die deze plek oproept. Zonder de kou aan je huid lijkt deze markt wel wat op de bazaar in Afghanistan. Al die kleuren en lachende mensen die balen textiel uitrollen.

'Welke tint wit wil je?' Elna houdt me twee verschillende rollen zijde voor. Voordat ik kan antwoorden, wijst een blonde vrouw naast mij naar de crèmekleurige soort en geeft een opdracht aan de verkoper. Ze ontwijkt mijn blik. Ik laat mijn handen over het weefsel glijden en wijs ten slotte naar een heel andere rol met de zuiverste kleur wit die ik ooit heb gezien. Zeven lange meters; de schaar glijdt moeiteloos door deze zee van ruisende zijde.

In stof ben ik thuis. Stof verwerkt in een mooi ontwerp maakt van een gewone vrouw een koningin. Ik kan het weten, want ik zag mijn moeder veranderen als ze haar jurken van zijde aantrok. Overdag droeg ze blauwe en versleten *kaftans*, maar 's avonds tilde ze haar feestjurken voorzichtig uit een koffer. Ze dacht dat wij sliepen, maar Noor en ik keken altijd door het sleutelgat. We zagen hoe mijn moeder zich uitkleedde en de ene na de andere jurk over haar hoofd liet glijden. En we moesten ons best doen om niet hardop te zuchten als we haar zagen veranderen in de vrouw die ze was voordat vader stierf.

Ik ben geboren als een wonderkind. Elke keer als mijn moeder me zag, fluisterde ze mij dat toe. Volgens haar redde ik haar leven. Mijn vader was een eigenwijze *Pashtun*, die met het *Hazara* dienstmeisje trouwde dat hij zwanger had gemaakt. Een sprookje, zou je denken. Zeker toen bleek dat ik een jongen was zonder smalle ogen en neus of een rond gezicht, zoals de Hazara's. Vanaf het moment waarop duidelijk werd dat ik goed kon naaien, was ik bovendien al gauw de lieveling van iedereen. Zodra het kon, gaf oom Malik mij een plek in het familiebedrijf dat al jaren niet meer goed liep. Over school werd niet gesproken, hoewel ik goed kon leren. Mijn zusje Noor, die twee jaar later kwam, leek op mijn moeder. Nu ik in de verhoorkamers van dit kale, vlakke land ben geweest, snap ik voor het eerst hoe zij zich gevoeld moet hebben.

De stof wordt me aangereikt in donkerbruin, knisperend papier. Het voelt als een cadeau. Glimlachend buig ik naar de blonde vrouw naast mij. 'Moge Allah je zegenen,' mompel ik. In mijn hoofd komen daar nog alle andere zegeningen achteraan die ik van mijn moeder leerde. *Met een vruchtbaar huwelijk, blijvende schoonheid en veel liefde.*

De vrouw glimlacht niet terug.

Nederlanders lachen niet veel. Je zou kunnen zeggen dat er weinig te lachen valt in het leven, maar mijn moeder zei daar iets anders over. 'Een glimlach en een zegening zijn als balsem voor de ziel.' Zij sprak altijd positief over anderen, al kletste iedereen achter haar rug om. Ze was kritisch over de islam en met de Koran had ze niet zo veel op. Heel anders dan oom Malik, wiens hobby het was om ingewikkelde verzen en teksten tijdens het rijgen en verstellen te reciteren. De oplossing had ik al gauw gevonden: kauwgom in mijn oren. En altijd blijven knikken en glimlachen.

De stof hebben we nu in handen, maar wat we nog missen is kant, kleine glanzende knoopjes en sterk garen. En tule.

Meters tule. We lopen verder; als ik Elna naast me hoor hijgen, minder ik vaart.

Er is niet veel keus aan witte knoopjes; in gedachten loop ik het ontwerp na dat al wekenlang in mijn hoofd zit. De jurk telt zeker twintig knoopjes, maar bij twaalf houdt het al op. De verkoopster telt ze uit in een papieren zakje en belooft nieuwe voorraden.

'Witte kant in drie breedtes, waar zouden we dat kunnen vinden?'

Elna trekt me door de menigte; we wurmen ons tussen de mensen door. Verstopt achter twee kramen vol gordijnstoffen zit de kantkraam.

Er is te veel keus. Oom Malik was daar altijd duidelijk in: je moet mensen niet te veel keus bieden. Kwamen er vrouwen voor een jurk, dan liet hij maar twee soorten stof zien. Hoe eenvoudiger de vrouw, hoe eenvoudiger het ontwerp. 'Kijk naar de ogen,' leerde hij Ramin en mij. 'Je moet een jurk zo maken, dat de ogen de blikvanger blijven.'

De ogen van de vrouw die mijn creatie straks zal dragen, zijn lichtgrijs en dromerig; haar haren springerig en rossig van kleur. Elna heeft haar ervan overtuigd dat de jurk het mooiste zal worden als ze mij de vrije hand geeft.

'Als jij een jurk kunt ontwerpen die ons beiden lichter van hart maakt, ben ik een gelukkige vrouw,' besloot ze nadat ze mij had ontmoet.

Dus kijk ik naar het kant. Welke soort maakt mij lichter?

'Deze is mooi, vind je niet?' Elna houdt een strook omhoog. Een briesje beweegt de stof heen en weer. Het motief is simpel. Afghaanse vrouwen zouden hier niet snel voor kiezen. Zij houden van krullen en veel tierelantijnen. Ik zie de Nederlandse vrouw voor me langs het water vlak bij het atelier. Haar ogen en de ruimte. Het geluid om mij heen vervaagt, heel in de verte hoor ik Elna nog op besliste toon tegen de verkoopster zeggen dat ze ons gewoon even de tijd moet gunnen. Daarna hoor ik alleen het water en zijn de vogels er. Ze scheren over de kabbelende golven van mijn gedachten, waar de geur van vrijheid in de lucht hangt.

Een klein meisje loopt per ongeluk tegen me aan en ik ben weer op de markt. Elna houdt de kanten strook nog steeds omhoog: fijn gesponnen, als was het licht.

'Zes meter,' beslis ik.

Ontsmetten

Die nacht komt de slaap en daarmee ook Ramin. Misselijk en draaierig word ik wakker. Het is nog donker buiten, maar ik moet eruit. De grond ligt bezaaid met kledingstukken. Sokken, schoenen, een aantal rugzakken, een pan en een oude winterjas die er nog niet eerder lag. De jas past precies. Ik ben rijker dan ik was sinds ik mijn intrek nam in deze kamer. Opeens heb ik meer vrienden, meer schoenen en meer kledingstukken. Elna heeft me aan dit onderkomen geholpen. Ze wist dat ik in het opvanghuis sliep, maar daar kun je niet altijd douchen en word je overdag de straat op gestuurd. In deze oude flat, die van een vriend van Elna is geweest, gelden geen regels. Ik woon er met twee onbekenden en mijn kamer werd als vanzelf een opslagplek. Het heeft een voordeel om iedereen alles hier te laten stallen. Voor het eerst sinds jaren kan ik 's ochtends uitkiezen wat ik aantrek.

Die eerste nacht op straat zal ik nooit vergeten. De bijtende geur van urine onder de brug. De man met wie ik samen was. Zijn grijze baard en zijn donkerkleurige huid. Al lopend sloeg hij steeds met zijn handen om zich heen; hij wapperde ermee en draaide om de tien passen om zijn as. Toen ik hem vroeg daarmee op te houden, stond hij stil en bracht zijn hoofd zo dicht bij dat van mij, dat zijn baardharen in mijn gezicht prikten. 'Onthoud, jochie, dat een man die niets vasthoudt een vrij mens is. Pas als je je handen vrij hebt, ben je gelukkig.' Die zin heeft zich in mijn hoofd verankerd. Soms vraag ik me af of ik me daarom zo onrustig voel, sinds ik hier ben ingetrokken. Plotseling heb ik spullen en een naam. Ik moet iemand zijn, terwijl ik zelf niet eens weet wie ik ben.

Buiten regent het. Ik ren naar het atelier en eenmaal binnen draai ik de verwarmingsknop helemaal open. Hoe meer de temperatuur stijgt, hoe beter je het ruikt: een vleug olie van de afgedankte machines van anderen. Trage machines uit het jaar nul, niet te vergelijken met de apparaten van oom Malik. Mijn oom vond mij erg goed, maar Ramin was natuurlijk beter. Zolang de machines liepen, was ik veilig. Meestal sliep ik op een matrasje achter in het magazijn, omdat er boven in het grote huis geen plek meer was. En om allerlei andere redenen, die ik later pas begreep. In het donker kun je dingen doen die het daglicht niet verdragen. Als ik daarover was blijven zwijgen, was alles misschien anders gelopen.

Dit is geen dag om dromen en beelden van vroeger terug te halen. Het pakket met de zijde ligt op de grote tafel in het midden van de ruimte, als zwijgende belofte voor het leven dat ik altijd heb gewenst. Ik zal het ontwerp zorgvuldig uittekenen, want ik wil deze stof goed gebruiken. Witte zijde is besmettelijk, daarom moet hier alles schoon zijn. Dat lijkt me een klus voor Ramin, straks. Laat hem maar leren wat zijn plaats is en dat het anders is dan vroeger.

Nu eerst de lijnen met houtskool op papier zetten, me inbeelden hoe de plooien vallen en de stof zal zwieren. Toch loop ik als vanzelf naar het kleine, rommelige keukentje. Het water sopt snel; de scherpe citroenlucht prikt in mijn neus. Vanaf de tafels achterin werk ik in snel tempo naar voren. Mijn keel is droog, waarom ben ik vergeten koffie te zetten? Eerst moet het schoon, smetteloos schoon. Hoe kan het dat ik al maanden in deze viezigheid werk zonder het te hebben opgemerkt? De vloer plakt, stofwolken en afgeknipt garen dwalen over de grond. Een bezem is niet voldoende, nu komt de stofzuiger uit de kelder van pas. Het zware, brommende geluid verjaagt de stilte. Ik dweil, schrob, boen en veeg oude lappen aan de kant. Daarna is het keukentje aan de beurt. Chloor op de voegen, het afvoerputje en de randen langs het fornuis. De geur van het middel maakt me rustig. Alles wordt schoon. Buiten adem leun ik tegen het keukenblok, mijn blik op het grote pak in het midden van de ruimte. De stof ligt geduldig op mij te wachten.

Bloed

Al sta ik met mijn rug naar de deur, ik weet direct dat het Ramin is als ik een tochtvlaag voel.

'Wat een vieze chloorlucht.'

Mijn adem ontsnapt en ik draai me om. Hij zit al op een stoel, zijn schoenen op de tafel waar ik de stof net uit de verpakking heb gehaald. Wanneer ik het pakket aan de kant schuif, voel ik druk op mijn borst.

'Wat is dat?' Hij graait al met zijn handen, maar ik trek de stof naar me toe.

'Dit is voor de jurk. Het moet schoon blijven.' Ik werp een blik op zijn schoenen.

'Vouw eens open.'

Met een bonkend hart doe ik precies wat hij zegt. Maar als hij de stof wil aanraken, houd ik hem tegen. 'Was eerst je handen.'

'Beweer je dat ik niet schoon ben?'

'Het is dure stof. Voor een bruid. Wil je nu je handen wassen?'

Omdat hij zich niet verroert, buig ik me naar hem toe: 'Ik heb de hele ruimte net schoongemaakt, vandaar die chloorlucht. We moeten netjes werken en onze handen niet openhalen. Vuiligheid of bloed op de jurk is niet goed.'

'Geen bloed op de jurk dus?' Hij spreekt elk woord langzaam uit.

Als hij mijn gezicht ziet, grijnst hij: 'Kom op, Jabir. We zijn familie. Het is de wens van Allah dat we elkaar hier weer ontmoeten en je weet dat ik al mijn zaken netjes afhandel. Ik zorg ervoor dat er nooit een vuiltje te zien is. Maak je niet ongerust, ik zal mijn handen thuishouden.'

Ik houd de stof als een stootkussen tussen ons in. Familie. Hij heeft het gezegd. Hoe had ik kunnen denken dat hij me niet zou herkennen? Ik denk aan mijn droom en hoor de woorden van Ramin in mijn hoofd weerklinken. *Geen bloed op de jurk.*

Buiten is het harder gaan regenen en de wind rukt de muts van mijn hoofd. Ik heb de stof in een andere kamer opgeborgen en Ramin achtergelaten. Laat Elna hem maar vertellen wat hij moet doen. Zij heeft hem onderdak gegeven! Met hem in de buurt krijg ik geen jurk op papier.

De winkels laat ik links liggen. Tussen de hoge flats loopt de vertrouwde weg naar het kanaal. Er passeert een vrouw in een boerka: de zwarte stof klappert in de wind en ze komt moeizaam vooruit. Ik kijk weg. In dit vrije land herinnert zo'n gewaad mij aan mijn tantes. Onder die stof zonder vormen beraamden zij de verschrikkelijkste plannen. Ik dacht dat Elna anders was dan zij. Dat ze zou begrijpen dat ze mij niet met iemand als Ramin moet opzadelen.

De laatste flats zijn nu achter mij en mijn weg loopt als vanzelf naar de kale boom die vlak bij het water staat. Zowel richting de brug als de andere kant op is het water helemaal vrij. Ik loop schuin tegen de wind in naar de rode, betonnen kade, waar normaliter grote vrachtschepen vastliggen. Het opspattende water is donker en grijs. Hoe koud zou het inmiddels zijn? Het kanaal is zes tot vijftien meter diep, hoorde ik laatst van een schipper die met zijn schip van het Rode Kruis lag aangemeerd. Het zijn vaste bezoekers. Al die zieke mensen liggen hier een dag of twee tegen de grauwe flats van deze wijk aan te kijken. Van achter hun kleine raampjes zwaaien ze naar de kinderen op de strook langs de kade. Sinds de verbouwing noemen ze de strook een 'boulevard'. Soms verbeeld ik me dat ik een van die zieken ben. Een oude man die rijk genoeg is om zich te laten verzorgen en overal heen te laten varen. Een andere keer stel ik me voor dat ik een van de dokters ben. Want dat was ooit mijn droom. Of, beter gezegd: die van mijn vader.

'Een verloren zaak,' zei de dokter toen hij bij mijn vader in de kamer was geweest. We noemden hem dokter Nougat omdat hij altijd chocolade meebracht. Zijn snor zat vaak in de war. En hij had geld. Tenminste, volgens mijn vader. Wanneer hij me 's avonds instopte, sprak hij dringend: 'Als het kan, word dan dokter. Geen taxichauffeur zoals ik, maar dokter. Je zult respect krijgen en altijd genoeg geld verdienen. Maar belangrijker: voor een dokter is iedereen gelijk. Een mens is een mens, een lichaam is een lichaam en iedereen heeft dezelfde rechten. Het leven van een dokter is daarom overzichtelijk en eenvoudig. Jabir, zorg dat je later dokter wordt.'

Maar dokter Nougat kon niets doen aan de steekwonden in mijn vaders borst die hij had opgelopen bij een straatgevecht. Hij kon er ook niets aan doen dat de familie mijn moeder en Noor wegstuurde na zijn overlijden; ze waren nu niets meer dan Hazara's en met dat soort laat je je nu eenmaal niet in. Ik heb om dokter Nougat geroepen toen ze mijn moeder en mijn zusje wegbrachten naar een plek die ik niet kende. Ik heb weer om hem geroepen nadat alles was misgegaan. Soms, als ik na een nacht vol dromen wakker word, ligt zijn naam opnieuw op mijn lippen.

Bij het water kan ik mezelf zijn; net zoals bij Elna thuis.

Maar de keerzijde van gastvrijheid is dat iedereen mag komen, ook degene die je hoopte nooit meer te zullen zien.

Een paar weken geleden stond mijn hart stil. Opeens was Ramin daar. Met opgestroopte mouwen stond hij het deeg te kneden in de garage achter het naaiatelier. Iemand had straalkachels neergezet. Meestal eten we bij Elna in de woonkamer, maar omdat we die avond met zo veel mensen waren, werden de tafels in de garage gedekt. Op Ramins gezicht zaten vegen van het meel en hij had zijn halflange haar in een staart gebonden. Hij leek niet meer op de slungelige jongen van vroeger, maar toch herkende ik hem direct. Te oordelen aan de lenigheid waarmee hij zich bewoog, deed hij nog steeds aan cricket. Ze noemden hem altijd *Lord Cat* – de koning van de katachtigen – en nu was hij hier.

Ik herstelde me snel. De geur van vers gesneden rozemarijn en munt vulde de ruimte en ik liep naar de hoek van de garage. Daar keerde ik de gevulde *bolani* om in een pan met hete olie. Was ik hier alleen geweest met Ramin, dan had ik raad geweten met dit hete bakvet. Maar de borden en het bestek moesten op hun plaats. Kletterend metaal op houten ondergrond. Stromend water in de kannen, de schalen op tafel. Stoelpoten die over de grond schraapten. Ik ging zo ver mogelijk bij hem vandaan zitten. Natuurlijk liet hij zich bedienen en negeerde hij mij, alsof er geen jaren waren verstreken.

Net als bij iedere nieuwe gast mochten er vragen gesteld worden. Ramin antwoordde in het Dari en zijn buurman vertaalde. Hij was hier gekomen na een lange reis over het water en had asiel aangevraagd; zijn land was in oorlog. Maar hij kon goed naaien en hoopte hier inspiratie op te doen. Ik had moeten opspringen en weglopen, maar kon alleen maar stil blijven zitten, hopend dat niemand mijn bonkende hart zou horen. Een onverwachte opwinding spoelde door me heen, als een golf die op de storm heeft gewacht.

Ramin is de enige die me iets meer kan vertellen over mijn zusje en mijn moeder. Hun stemmen binnen in mij heb ik in de loop van de jaren tot zwijgen gebracht, maar nu roepen ze weer en ik kan mijn oren er niet voor sluiten.

In de golven van het kanaal zie ik de plooien van de jurk voor me. Met grove halen begin ik in gedachten te schetsen. Smal van boven, wijd van onderen. Op het bovenlijfje een schuine wikkel in de satijnen stof, aan het middenlijf een sleep van tule, afgezet met kant. Daaronder de rok, wijd tot aan de grond. Iets kant eronderuit, of niet? Nee, niet voor deze bruid. Maar wel een dunne sluier, die ze zowel over haar hoofd als om haar schouders kan dragen. Tevergeefs zoek ik in mijn zakken naar een potlood. De wind blaast me in de rug, richting het atelier. Als ik de ruimte binnenkom, is daar geen enkel geluid. Nergens een spoor van Ramin. In de hoek ligt het schetsboek. Ik pak een stoel en al snel verschijnen de lijnen op het papier, precies zoals ik me bij het water voorstelde.

Net zo belangrijk als de voorkant van de jurk is de achterkant. De tule loopt daar langzaam af in lagen. Het lijfje sluit door middel van kleine, glanzende knoopjes. Wanneer ik de ontwerpen tegen het licht houd, klinken de stemmen van Noor en mijn moeder weer in mij, zoals de laatste tijd wel vaker. Ik hoor ze met elkaar praten: ze lachen enthousiast om de jurk. Heel stil blijven zitten nu, en luisteren.

Vlucht

Toen ik uit Afghanistan vluchtte, was ik net dertien. Hoewel mijn verjaardag nooit werd gevierd, had ik van oom Malik deze keer een dik tekenblok gekregen met een boodschap. 'Teken niet alleen jurken, maar ook eens wat daaronder zit. Je bent nu oud genoeg om de meisjes aan te raken.' Hij had me vanonder beetgegrepen. 'Je gedraagt je nog te veel als een meisje, hier moet wat pit in komen. Als het zover is, zullen we het vieren.' Met een klap op mijn schouders: 'Als mannen onder elkaar.'

    Het tekenblok en de boodschap die daarbij hoorde had ik in het open riool tien straten verderop gegooid. Bang dat oom Malik het zou ontdekken was ik toen niet: ik zou toch verdwijnen. Ruim een jaar eerder had mijn moeder het aangedurfd om contact met me op te nemen. We ontmoetten elkaar steeds achter een stoffenkraam op de bazaar. Gestolen uren die me de moed opleverden om te doen wat ik ging doen. Er zou op vrijdag een man in een groene kaftan het atelier binnenkomen. Hij zou vragen of ik met hem mee mocht om een stof uit te zoeken. We hadden afgesproken dat ik mijn nieuwe, valse papieren onder mijn matras vandaan zou halen en met hem zou meelopen. Hij zou me naar een huis brengen waar Noor en moeder ook waren. En dan zouden we vertrekken. Moeder had de man betaald. Geld dat ik gedurende een jaar in kleine beetjes uit het huis had gestolen. Af en toe wat bij mijn tante vandaan, dan weer bij oom Malik. Soms gaf ik hem na de bazaarinkopen te weinig wisselgeld terug.

Toen de man met de groene kaftan binnenkwam, werd ik heel rustig. Eindelijk konden die papieren onder mijn matras vandaan. Ik wachtte tot de man – hij had een grote, rode neus en was duidelijk een buitenlander – mijn oom de vraag had gesteld. Ik weet niet wat er besproken werd, maar ik mocht direct meelopen. Ramin zat in de hoek te werken. Ik keek niet naar hem toen ik wegging.

We liepen zwijgend door de stoffige straten, stapten daarna in een auto en reden lang door het open veld. Vlak voordat de schemering inviel, stopten we bij een huis aan de rand van een dorp. Ik herinner me er niet veel van, behalve dat de deur scheef in zijn sponningen hing. De buitenlandse man ging me voor naar binnen. 'Vanaf dit moment zijn dit jouw ouders,' zei de man, die tot dan toe niets had gezegd. Hij wees naar een kleine man en een magere, wat langere vrouw, die me nieuwsgierig opnamen. 'Noem ze vanaf nu direct *padar* en *madar*, zodat je je tijdens de reis niet zult vergissen.'

'Waar zijn Noor en mijn moeder?' vroeg ik.

Hij fronste zijn wenkbrauwen. 'Zij zijn onderweg.' Toen liep hij naar buiten en reed weg.

Moeder en Noor kwamen de volgende dag niet. En de dagen daarna ook niet.

Het enige wat ik mij van die week herinner, is dat de vrouw me elke dag probeerde vol te stoppen met droog brood. Ze had waterige ogen en rook naar de oude geit die vlak bij ons huis stond.

Op de zevende dag kwam de buitenlandse man terug.

'Waar zijn ze?' Ik was naar buiten gerend en sloeg op de voorkant van de auto waarin hij zat. Als ik de film laat afspelen, zie ik mezelf schreeuwen. In dit land vinden ze dat ik geen gevoelens toon, maar toen schreeuwde ik.

De man keek me vanuit het autoraam ernstig aan, zijn neus stak vuurrood af tegen zijn bleke gezicht. 'Jij gaat zonder hen.'

'Waar zijn ze?'

Hij kwam uit de auto en boog zich naar mij toe. 'Je moet hen vergeten. Ze zijn er niet meer.'

Toen ik begon te gillen, trok hij me aan mijn armen. 'Ze waren te laat. Ze zijn meegenomen door twee mannen van je familie. Je moet nu vluchten. Dit deden ze voor jou.'

'Ik wil terug. Breng me terug!'

De zogenaamde madar kwam naar buiten. 'We kunnen niet vluchten zonder het kind,' zei ze. 'Hier hebben we voor betaald.'

Ik vloog de weg op en het duurde een tijd voordat ik ontdekte dat ze me niet achterna kwamen. In de berm kwam mijn ademhaling tot rust. Ik zou een lift nemen, terug naar mijn oom. Uitleggen dat het een misverstand was. Dat ik ervan overtuigd was geweest dat het niet anders kon, omdat ik zo graag bij mijn moeder wilde zijn. Ik zou ze smeken om alles terug te draaien en mijn moeder weer op te nemen in het familiehuis. Ik zou mijn moeder vragen of ze alles wat ik haar verteld had over de nachten in het naaiatelier wilde vergeten. Als we maar bij elkaar konden wonen. Ik zou al het geld terugbetalen. Ik zou…

Op dat moment stopte de auto van de man met de rode neus voor mijn sandalen. 'Het was Ramin,' zei hij. 'Hij houdt jullie al heel lang in de gaten. Hij heeft ervoor gezorgd dat je moeder en zus door iemand anders zijn meegenomen.' Ramin… hoe zou ik tegen hem op kunnen? Ik stapte in.

Schiphol

Tijdens de dagenlange vlucht uit Afghanistan had ik steeds een wollen deken om me heen. Ik moest doen alsof ik ziek was en hoefde alleen bij controles mijn gezicht te laten zien. Ik rolde mezelf op tot een bal op de achterbank van de auto en dacht aan de jurk die onaf was achtergebleven. In gedachten liet ik de naald door de stof heen en weer gaan. De meters vlogen onder mijn handen door. Maar voor het eerst in mijn leven maakte ik fouten; de lappen kwamen vol halen te zitten. In mijn verbeelding was ik omringd door zijde, batist, brokaat en goudlaken. Ik haalde de balen af, knipte met mijn schaar en legde grote stukken stof op elkaar op de machine. Ruimte om het garen te verwisselen was er niet. Overal was er die donkergrijze lijn. Dezelfde lijn als de weg waarover we reden. Hoe langer de lijn, hoe groter dat onbekende gevoel in mijn binnenste.

We sliepen een paar keer in de auto, midden in het bos.

De vrouw was bang; je rook het aan haar.

'Je moet eten, jongen.' Ze schoof een stuk brood onder de deken.

'Dieper het bos in, *Samir*,' snauwde ze tegen haar man. 'Er zijn hier controles.'

'Zeur niet.' Hij minderde vaart. 'We hebben goede papieren. Ze kunnen ons niets maken.'

'Hier wel. En ik vertrouw de jongen niet. Wat zal hij zeggen als ze hem ondervragen?'

Ik miste de kauwgom die ik bij oom Malik altijd in mijn oren stopte.

Na twee nachten in het bos zag madar er oud uit en praatten de twee niet meer met elkaar. Onder de deken was mijn veilige plek. We reden nog verder, verder dan ik dacht dat ik ooit zou rijden. Het werd steeds kouder en uiteindelijk stopten we bij een besneeuwde berg die midden op een weidse vlakte stond. Ik kwam uit de auto en keek lange tijd naar de witte top die in de verte zichtbaar was. Er kwam een jongen naast me staan. Hij stootte me aan en wees naar zijn schoenen. Ze waren net zo wit als de sneeuw. Hij gebaarde dat ik ze aan moest trekken en dat hij die van mij zou nemen. Het leek me een ongelijke ruil, maar toen hij bleef aandringen ging ik op de koude grond zitten en deed wat hij vroeg. Hij leek blij met mijn versleten leren slippers en rende een rondje in het licht van de zon. Altijd had ik gedacht dat engelen vlogen, maar nu zag ik dat ze ook konden rennen. Eenmaal binnen in het huis dat aan de voet van de berg stond, trok Samir de *kola* van mijn hoofd en ik moest mijn oude kleren weggooien. Voor het eerst in mijn leven hees ik me in een spijkerbroek. Die broek was een markeringspunt: ik mocht nu niet meer onder de deken liggen. We bleven maar een nacht op deze magische plek en toen we wegreden, keek ik zo lang mogelijk achterom.

Na een rit door een drukke stad kwamen we aan op een vliegveld. Met een grote koffer liepen we de vlieghal binnen. Toen Samir de tickets en alle andere papieren tevoorschijn haalde, snapte ik voor het eerst waarom het goed was om te leren lezen. Zouden dit niet de documenten van mijn moeder en Noor geweest zijn?

'Wie zijn jullie?' Het was de eerste vraag die ik hun stelde.

De vrouw kneep me in mijn arm. 'In het nieuwe land zullen we voor je zorgen.'

Samir boog zich voorover. 'Jongen, je bent als een zoon voor mij. Je moet ons vertrouwen; we hebben het goede met je voor. Wanneer ze je vragen wie wij zijn, zeg je deze namen.' Hij wees naar de papieren en liet ze mij een paar keer uitspreken. Samir en *Hadi*. Ik ben de namen nooit vergeten.

Bij de tweede controle stonden er vijf mannen in uniform en een hond. Alle vijf keken ze lang naar alle documenten.

'De jongen is ziek,' zei Hadi. 'We gaan een tijd op vakantie naar familie.'

'Mooi ventje. Hij lijkt niet erg op jullie,' merkte de langste man op. Hij keek me heel lang aan en ik probeerde mijn ogen niet neer te slaan. Toen wuifden ze dat we moesten doorlopen.

In het vliegtuig mocht ik voor het raam. Het duurde vreselijk lang voordat we opstegen, langer dan de nacht in het bos. Eindelijk maakten we vaart over de lange startbaan. Er was een kleine buiteling in mijn buik toen de wielen loskwamen van de grond. 'Jullie hebben ook nog een dochter,' zei ik zo hard als ik durfde. 'Ze heet Noor en ze gaat nu dood – en dat is jullie schuld.' Hadi begon te huilen en ik drukte mijn neus tegen het kleine glasraam... alles om zo ver mogelijk bij haar geur vandaan te zijn.

'Laten we even een pauze nemen,' zei een nieuwe advocaat aan wie ik mijn verhaal kortgeleden nog een keer moest vertellen. Dat was voor mij niet nodig. De film draaide zich af in mijn hoofd en het leek me beter alles in één keer te vertellen, net zoals al die andere keren. Maar hij wilde weten wat ik erbij voelde als ik dit vertelde. Het was geloofwaardiger als ik mijn gevoelens toonde. Wat moest ik doen: huilen? Dat heeft me nog nooit iets opgeleverd.

We namen twee vliegtuigen achter elkaar. Of drie. Ik weet het niet meer. Ik sliep een groot gedeelte van de reis. Dus miste ik het warme eten dat ze kwamen langsbrengen. Samir had mijn portie opgegeten, zei Hadi toen ik wakker werd. Ze had alleen een stuk van het droge brood van twee dagen terug voor mij bewaard. Er klonk een stem door de intercom. De man vertaalde het voor mij. Het was vier uur in de nacht en we zouden binnen een half uur landen op Schiphol. Ik keek naar buiten, waar het donker was.

Toen we de trap van het vliegtuig afdaalden, trok Hadi me tegen zich aan, maar ik rukte me los. Het regende en de wind waaide koud tegen mijn blote enkels. Mijn nieuwe schoenen werden drijfnat omdat ik in een van de plassen op het platform stapte. Daarna was er een grote hal met draaiende banden vol koffers. De meeste vrouwen droegen broeken. Hoewel we in een gemeenschappelijke ruimte waren, hadden ze hun hoofden vrijwel allemaal onbedekt. Bij sommigen zag je zelfs een gedeelte van hun borsten. Direct dacht ik aan oom Malik en wat hij tegen me gezegd had toen hij het tekenblok gaf. Ik verborg me achter Samir, maar hij duwde me naar voren en gebaarde naar zijn vrouw dat ze naar de wc moest gaan.

'Jij blijft hier.' Hij pakte mijn arm en keek spiedend om zich heen. Ik moest ook nodig, dus rukte ik mij los en rende Hadi achterna. Omdat het zo druk was, verloor ik haar af en toe uit het oog, maar uiteindelijk kon ik haar vastgrijpen aan haar arm.

Ze deinsde achteruit. 'Ga terug,' snauwde ze.

'Ik moet echt.'

Ze wees me de ruimte van de herentoiletten. 'Ik zie je

straks wel weer bij de koffers. Loop als je klaar bent terug naar Samir.' Ze verdween in de vrouwentoiletten.

Ik wist niet meer hoe ik moest teruglopen, dus wachtte ik op haar. Het duurde lang en ik keek om de hoek van de vrouwentoiletten. Hadi liep gehaast heen en weer van het ene naar het andere hokje. 'Wat doe jij hier?' siste ze toen ze mij zag. 'Is er nog iemand anders?'

Ik schudde mijn hoofd.

'Help me. Het lukt niet.'

Ze duwde me in een van de hokjes. Er dreven snippers in de toiletpot.

'Dat zijn onze papieren, maar ze spoelen niet door. We moeten ze verspreiden over alle toiletten en dan nog een keer proberen.' Ze viste de snippers uit het water, duwde ze in mijn handen en zei: 'Neem de wc hiernaast.' Mijn hoofd op de foto was doormidden gescheurd. Met tegenzin deed ik wat ze vroeg. Eén druk op de spoelknop en mijn vroegere leven verdween.

Alles heb ik aan alle advocaten verteld, maar nooit dat onze papieren vals waren. Iedereen verlangde de afgelopen jaren naar details. Je moet het verhaal zo vaak vertellen. En uiteindelijk zeg je van alles omdat je wilt dat ze je begrijpen.

Terwijl we terugliepen naar de kofferband hield Hadi mij niet meer dicht naast zich. Ze nam snelle stappen en ik verloor haar uit het oog. Er waren acht kofferbanden, die allemaal op elkaar leken. Overal stonden drommen mensen. Ik worstelde me tussen hen door en bleef zoeken. Wat moest ik doen? Ik verstond de taal niet, wist niet eens in welk land ik was. Waren ze samen teruggegaan naar de wc om te kijken of alle papieren wel echt verdwenen waren? Ook daar vond ik hen niet. Weer terug maar. Ik bleef wachten totdat bijna iedereen weg was, en twee eenzame koffers steeds dezelfde rondgang maakten. Een gele en een roze. Onze koffer was blauw. Ik zakte neer op een bank in het midden van de ruimte, zodat ik alle paden goed in de gaten kon houden. Ze waren me vast aan het zoeken.

De honden

Over de honden droom ik soms nog. Gelige tanden, kwijl dat uit een hijgende bek druipt. Het geblaf dat je totaal verlamt. Je wilt wegrennen, maar ze zijn overal om je heen en ze komen steeds dichterbij. In mijn dromen heb ik daar een oplossing voor gevonden: ik maak mezelf steeds dunner, los op en verdwijn. Maar dat kon niet op het bankje op Schiphol. De beesten leken dol te worden toen ze het vocht roken dat door mijn broekspijpen sijpelde en haakten met hun tanden in de stof. Een man in uniform tilde mijn arm omhoog en riep iets. De vrouwelijke collega naast hem begon te praten in een vreemde taal.

'Breng me terug naar huis,' fluisterde ik in het Dari. En in gedachten: Vader, kom me helpen. Waarom ben je dood en is vanaf toen alles misgegaan?

Om de honden maar niet meer te hoeven zien, sloot ik mijn ogen en probeerde me mijn vader voor de geest te halen. Het lukte niet; er was alleen een gat dat zich in mijn binnenste opende en ik was daar helemaal alleen. Ik opende mijn ogen weer en de wereld zag er anders uit. Groter.

Met strakke gezichten gebaarden ze dat ik achter hen aan moest lopen. De honden lieten mij los, maar bleven in de buurt.

We liepen door een lange gang en passeerden een aantal deuren in verschillende kleuren. Uiteindelijk kwamen we in een witte, kale ruimte. De honden drentelden onrustig heen en weer en de man maakte duidelijk dat ik al mijn kleren moest uittrekken.

Eerst mijn broek. Omdat hij zo nat was, struikelde ik; de grond was hard en koud. De vrouw probeerde me overeind te helpen; ze had lichte haren. Er was geen boze blik in haar ogen, maar die van de grote honden flikkerden. Mijn handen stroopten zo vlug mogelijk de broek langs mijn kuiten omlaag. Natuurlijk had ik eerst mijn schoenen moeten uitdoen. De vrouw hielp me. Ze zette de schoenen opzij en een van de honden dook eropaf. De man snauwde dat het beest weer moest gaan liggen, maar de schoen was al kapot. De man hield de gympen voor de beesten en ze sloegen opnieuw aan. Het waren mijn enige schoenen. Er kwam een waas voor mijn ogen, steeds opnieuw. De vrouw gaf me een zakdoek, maar ze liet de honden hun gang gaan. De schoenen werden opengereten en ik dacht aan al het geld dat we voor de reis hadden gespaard. Toen de man mijn naakte lichaam vastpakte, liet ik mijn geest omhooggaan als een vlieger. Ik dacht aan de engel die bij de berg woonde en rondjes rende op mijn sandalen. In gedachten rende ik achter hem aan, richting de besneeuwde top in de verte. Er rolden schaduwen over het land die we probeerden voor te zijn. Het was alsof ik zweefde. De engel lachte en wenkte mij toen hij al halverwege de berg was. Ik klom hem achterna; moeiteloos zette ik mijn blote voeten op ruwe stenen en uitgestoken boomstronken. Hoger en hoger ging het, klommen we nu zo de hemel in? Hij rende ver vooruit en verdween.

De man doorzocht de huid van de jongen beneden, alsof hij hem fouilleerde. Toen hij niet vond wat hij zocht, legde hij de jongen op de grond en schenen ze met hun zaklantaarns in alle holtes. Met een witte handschoen aan trok de man aan lichaamsdelen.

Ik probeerde de engel in mijn gedachten terug te

vinden. Hij moest al op de top zijn; daar waar het licht verblindend was. Maar ik struikelde over de stenen en bleef liggen in de kou. Toen de man en de vrouw de ruimte verlieten, werd alles zwart.

Nooit eerder sliep ik op zo'n zacht matras. Toen ik mijn ogen opende, was ik niet langer naakt, maar droeg ik een flanellen broek met daarboven een T-shirt dat naar bloemen rook. Het was donker om mij heen. Ik verwachtte elk moment een grauw of geblaf. De honden moesten daar ergens staan om me in de gaten te houden. Ik hield mijn handen stijf langs mijn lijf en bleef doodstil liggen, hopend op een terugkeer naar het grote niets van de slaap. Maar mijn hart klonk te luid en de nacht was te zwart. Ik had het koud en warm tegelijk. Hoe ik ook probeerde het trillen van mijn lijf te stoppen, het lukte niet. Uiteindelijk – toen ik besefte dat er geen honden meer waren – draaide ik me op mijn zij en liet mijn voeten voorzichtig op de grond zakken. Toen mijn hoofd tegen een balk of een bedrand boven mij stootte, begon iemand te schreeuwen. Snel rolde ik terug op mijn matras en bleef bewegingsloos liggen tot de ochtend aanbrak.

Schande

In de ochtend lijkt alles mogelijk, zelfs als je al jaren op een nieuwe toekomst wacht. Er zijn dagen dat ik niet uit mijn bed kan komen, maar toch trekt het licht me dan naar buiten. Vandaag is het koud, de hemel strakblauw. Een schone dag. Maar voor hoelang?

Eenmaal binnen in het atelier merk ik direct dat er iets mis is als ik mijn voet op het pedaal zet. De naald gaat wel heen en weer, maar langzamer dan normaal: de kop is scheefgetrokken.

Het heeft even geduurd voordat ik vrienden werd met een van de machines hier. Elna had me zien worstelen met een oud exemplaar. De zondag erna deed ze een oproep in de kerk. Of iemand een naaimachine overhad? Er kwamen er vier. Eén ervan was maar goed, wat Elna deed zuchten. In Afghanistan zou zoiets minder snel gebeuren. Alleen het mooiste wat je hebt, geef je weg. Elna heeft mij de beste machine cadeau gegeven.

Het is goed dat ik de zijde nog niet op het naaiplateau heb neergelegd; de stof zou direct geruïneerd zijn. Afgelopen dagen heb ik het ontwerp van de jurk op de goede maten gecontroleerd. Ramin heeft het patroon op de zijde gespeld en de eerste delen uitgeknipt.

Als ik vraag waarom de machine het niet goed doet, kijkt Ramin niet op van zijn eigen werk. 'Hoezo, kun je niet naaien dan?'

'Waarom doe je zoiets?' Mijn stem trilt.

Hij kijkt me met een lege blik aan en ik ben totaal niet

voorbereid op wat er daarna gebeurt.

Ramin staat op, gooit zijn stoel aan de kant en grijpt me bij mijn keel. 'Die onzin die ze je hier vertellen. Geloof je dat?'

Ik weet meteen wat hij bedoelt. We zijn gisteravond beiden op een avond van de kerk van Elna geweest.

'Opnieuw beginnen. Vergeving!' snauwt hij. 'Alsof zoiets mogelijk is zonder straf.'

Tevergeefs probeer ik me los te worstelen.

'*Allah o akbar*, wat doe je hier bij deze christenhonden? Laten we hier ons geld verdienen en vertrekken, voordat de schande over je komt.'

Ik krijg het benauwd, maar zwijg.

'Ik durf te wedden dat ze niets van jouw verhaal weten. Heb je iemand de waarheid verteld over je familie?' Dan laat hij me vallen.

Ik krabbel overeind. 'Leven ze nog?' fluister ik schor vanaf mijn stoel.

Ramin knijpt zijn ogen dicht. 'Zou je teruggaan als ze nog leven?'

Ik probeer me de gezichten van Noor en mijn moeder voor te stellen. Als ze nog leven, vraag ik me af hoe. En waar. Het is logischer dat ze dood zijn, heb ik me al die jaren voorgehouden. Ik heb het ook overal verteld. Ze zijn meegenomen door twee mannen. 'Wat voor mannen?' vroegen de ondervragers met hun pen in de aanslag. 'De taliban,' antwoordde ik keer op keer, precies zoals de smokkelaar me had voorgehouden. 'En nu heb ik geen familie meer. Ik kan niet terug.'

'Leven ze nog?' Ik kijk Ramin recht in de ogen.

Omdat hij naar me kijkt alsof ik een schurftige hond ben, weet ik het.

Nu ben ik degene die opspringt. Mijn hand vindt een metalen meetlat en mikt op zijn gezicht. Ramin slaakt een kreet en we worstelen, net als toen. Er gutst bloed uit zijn wang en de meetlat klettert op de grond. Ramin hijgt zwaar en werpt me van zich af, zodat ik opnieuw op de grond beland. Hoog torent hij boven me uit. 'Na drie dagen heeft Noor precies verteld wat jullie van plan waren. Ons eerst bestelen en daarna vluchten; daar komt niemand bij ons in de familie mee weg.'

'Ik geloof je niet.' Dat zegt mijn mond, maar mijn hart weet beter. Drie dagen. Wat hebben ze in die drie dagen met hen gedaan? Als ze dan dood zijn, hoe zijn ze aan hun eind gekomen?

Ramin haalt zijn hand langs zijn bloedende wang. Met zijn andere hand trekt hij een van de lappen zijde van de grote tafel en houdt hem dreigend voor mij. 'Geen bloed aan de jurk, zei je toch? Als je nog een leven wilt hebben, luister je zoals altijd naar mij. We zijn beiden niet welkom in dit land, dat weet jij net zo goed als ik. Maar als we samenwerken, kunnen we hier genoeg geld verdienen om ons oude bedrijf nieuw leven in te blazen. Ik ben de baas, dat is niet veranderd.'

Hij beent weg en smijt de deur van het atelier achter zich dicht.

Overal om me heen zie ik losse draadjes. Op mijn knieën kruip ik van de ene naar de andere tafelpoot en raap ze op, een voor een. Ze liggen in mijn handpalm; kleine, afgebroken vezels die niet meer van nut zijn. Ik draai ze tot een bolletje en bal mijn vuist. Steeds harder knijp ik, tot mijn witte knokkels levenloos lijken. Daarna sta ik op, repareer de naald en begin met naaien.

Eer

Als ik de volgende dag vroeg de deur van het naaiatelier wil opendraaien, geeft hij mee. Ramin zit al achter mijn naaimachine, de jurk onder zijn handen.

In de keuken begin ik automatisch met het zetten van koffie, al heb ik vannacht bedacht dat ik nooit meer iets voor hem zal doen. Alleen het kloppen van de naald is te horen; de naald die door de stof jaagt.

De koffie is snel klaar, te snel om mijn gevoelens tot bedaren te brengen. Het hete, donkere vocht morst op het aanrecht.

'Zet hier maar hier neer,' wijst Ramin. Hij neemt een slok en spuugt hem direct weer terug. 'Dat had ik je gisteren al willen zeggen: wij drinken geen koffie, we drinken thee.' Ongeduldig verschuift hij zijn stoel, loopt met de mok naar de keuken en giet het vocht door de gootsteen.

Opgestaan, plaats vergaan. Ik ga zo breed mogelijk zitten. 'Dit is mijn plek, net zoals het ontwerp van de jurk van mij is.'

Hij lacht honend. 'Jouw jurk? Dit is een jurk van Malik. Je hoort nog steeds bij de familie, ook al ben je weggelopen.'

'Ik ken geen Malik. Mijn naam is Jabir.' Al durf ik het niet, ik zeg het toch en zelfs nog meer: 'En wat doe je hier eigenlijk? Je had toch een eigen bedrijf? Of loopt dat niet meer zo goed?'

Hij schopt met zijn voet tegen het keukenblok. 'Stop maar met die praatjes. Ik heb je paspoort bij me. Je echte.

Ik weet niet waarom ik hem meegenomen heb, maar het zou nog weleens van pas kunnen komen. Ik kan je zo aangeven; ze zullen hier in Nederland blij zijn dat ze weer een illegaal kunnen lozen.'

'Daarmee zou je je eigen kans verpesten,' antwoord ik snel. 'Als ik familie heb, heb jij die ook.'

'Ah, jij denkt nog steeds dat je slimmer en sterker bent.' Hij leunt tegen het aanrecht. 'Bewijs, beste jongen, alles draait om bewijs. Anders dan jij heb ik goed nagedacht toen ik vertrok. Mijn verhaal is sluitend. De aanvraag loopt al; er is geen enkele reden om aan het verslag te twijfelen. Maar in jouw geval...'

Mijn tong ligt zwaar in mijn mond. 'Als je niets zegt, gaat het sneller voorbij,' zei oom Malik altijd tijdens die nachten in het naaiatelier.

Ramin wil meer zeggen, maar de deur klapt open. 'Kan iemand helpen?' roept Elna vanaf de gang. Ramin rent al en komt even later binnen met een paar dozen.

'Allemaal stof, gratis gekregen,' hijgt Elna. 'En jongens: ik heb vier extra opdrachten. Straks wordt dit atelier nog een heus bedrijf.'

'Geweldig!' knipoogt Ramin naar mij, alsof er niets gebeurd is. Hij opent een van de dozen.

'Een naam,' zegt Elna met een glimlach. 'We hebben een naam en een website nodig.'

'Malik,' grijnst Ramin. Omdat hij het Nederlands nog niet goed beheerst, schakelt hij over op het Engels. '*Like a well-known company in Afghanistan with that name.*'

Ik sta op, maak me zo lang als ik kan en schakel terug naar het Nederlands. 'Het is jouw idee, Elna. Je moet je eigen merk opbouwen. Ik zou het eerder Elna's noemen.'

Ze lacht van opwinding. 'Elna's klinkt verschrikkelijk.

Het moet een betekenis hebben. *What does Malik mean?*'

'Meester of koning,' zeg ik toonloos voordat Ramin kan antwoorden. 'Het huis van een meester.'

'Dat is wel een uitdaging,' mompelt ze, 'een meesterwerk afleveren.' Ze wendt zich tot mij, pakt een van de delen van de jurk die al klaar zijn en bestudeert het naaiwerk minutieus. 'Waar heb ik het aan verdiend dat jullie op mijn pad zijn gekomen? Ik ken weinig mensen die zo kunnen naaien. Jabir, vind je ook niet dat Ramin goed is? Zo kunnen we al die opdrachten op tijd afkrijgen.'

'Vertaal eens voor me,' gebiedt Ramin.

'Ze vindt de jurk mooi.'

Elna klapt in haar handen. 'De toekomstige bruid komt zo passen. Ramin vertelde me gisteren dat jullie ver genoeg waren en ze is zo nieuwsgierig!' Dan pas ziet ze mijn gezicht. 'Of is het te vroeg?'

'We zijn nog lang niet klaar! Ze kan volgende week pas komen.'

Er trekt een schaduw over haar gezicht. 'Maar Ramin zei...'

'*It's okay. She can come.*' Ramin trekt twee delen bij elkaar.

'Nee, het kan niet, want...' Ik zoek naar woorden. 'Het brengt ongeluk. Zeg haar dat ze niet kan komen.'

Elna aarzelt. 'Waarom niet? Ze heeft er speciaal voor vrijgenomen.'

'Het brengt ongeluk,' herhaal ik.

'Wat zeg je?' vraagt Ramin.

'Niets,' snauw ik in onze moedertaal. 'Waarom bemoei jij je ermee?'

'*What does he say, Elna?*' Nu richt hij zich tot haar.

Elna draait zich naar mij. 'Waarom vertaal je het niet? Wat is er?'

'Ik wil niet dat ze komt. Het kan niet.' Ik leg een volgende lap stof onder de machine en buig mijn hoofd. Het wordt stil.
'Jabir. Wil je nu echt dat ik de bruid afbel?' Elna zucht.

Welk antwoord verwacht ze? Het eerste ritueel, de jurk laten zien aan de klant, wil ik zelf verrichten. De delen rustig afpassen, haar ogen bestuderen. Hoe kan ik een jurk maken die mij lichter maakt met Ramin in de buurt? Dit hele idee is tot mislukken gedoemd. Opeens benauwt de ruimte me. Alsof dit een scène is uit een vorig leven. Ik laat me niet dwingen; ik ben na al die jaren iemand anders, al weet Ramin dat nog niet. Ik weet het zelf pas net. En ik moet eerst nadenken over de persoon die nu met een ruk opstaat, zijn stoel tegen de grond smijt en wegloopt.

Bij het kanaal is het rustig. Er liggen geen boten aangemeerd en het water klotst tegen de kade. De strijd tussen Ramin en mij is ongelijk. Hij ziet er onberispelijk uit, terwijl mijn haar al wekenlang niet is geknipt en ik lukraak bijeengeraapte kleding draag. Al die tijd heb ik in lompen van anderen gelopen, levens van anderen geleefd.

Er borrelt iets in mij, een gevoel dat ik niet ken. Richting de flat gaat het. Er is iets in mij wat de leiding overneemt. Iemand om wie ik moet lachen. Zodra ik de hal binnenstap, zie ik het in de spiegel. Die persoon weet wat hij mooi vindt. Uit de hoop kleding en schoenen op zijn kamer kiest hij feilloos de juiste combinatie. Hij zoekt in tassen in de hoek van de kamer naar kleingeld. En als hij genoeg heeft gevonden, loopt hij naar de kapper op de hoek. Strak geschoren aan de zijkant, een lok aan de rechterkant moet overblijven. De kapper scheert ook de rest van zijn gezicht zo glad als het nog nooit geweest is. Het staat hem goed. Hij koopt een papierblok van zijn laatste geld en wandelt opnieuw naar het kanaal, waar hij begint te schetsen. Geen jurk dit keer, maar een pand met een voorgevel. Kleuren van de Oriënt en een naam. Een naam die al lang in zijn binnenste ligt opgesloten. *House of Jabir Fayazi*, zijn eigen familienamen. Een plek van puurheid en verfijnde elegantie, ver hiervandaan.

Het is gaan waaien; gure vlagen nemen grillige wolken met zich mee. Een paar drijvende meeuwen steken wit af tegen het donker van de diepte. Vanaf het schip dat net ronkend heeft aangelegd, springen twee jongens met dik scheepstouw de kade op. Verstekelingen misschien?

'*Where are you from?*' Mijn stem waait hun kant op.

'*Republic Srpska,*' roept de oudste.

Waar zou dat liggen? Zou je gewoon aan boord kunnen stappen en daarheen kunnen varen? Opnieuw beginnen? Wat als ik een van die jongens zou zijn? Op weg naar een ander land, op weg naar het onbekende? Zou het nu anders zijn dan toen?

Terrorist

Voor het eerst eet ik die avond niet met de anderen aan tafel. Oud brood uit het keukenkastje smaakt ook prima. Ik zet een muts op en kom tijdens het eten bij Elna binnen. Ze sluit het atelier altijd om zes uur af en de sleutels liggen in haar woonkamer. Zonder iets te zeggen loop ik langs de eettafel vol mensen en haal de sleutels uit de lade. Ramin is er niet, dat scheelt.

'Jabir, wat ben je laat.' Ze grijpt me aan mijn jas. 'Kom, eet ook mee.' En wanneer ze de sleutels ontdekt: 'Wat ga je doen?'

'Ik heb iets bedacht voor de jurk. Ik wil er vanavond aan werken.'

Ze wil de sleutels van mij overpakken. 'Overleg eerst met Ramin. Hij heeft de bruid vanmiddag laten passen. Ze was erg enthousiast.'

Ik trek de muts van mijn hoofd. 'Je hebt haar tóch laten komen?'

Ze staart naar me. 'Je haar. Wat heb je met je haar gedaan? Het staat je goed.'

De anderen kijken nu ook. Een voor een zeggen ze iets. Ik moet erbij komen, mee-eten. Voor ik het weet, zit ik tussen hen in en staat er een bord vol kip en rijst voor me. Waarom blijven ze maar doorgaan over mijn haar en mijn kleding? Was ik niet goed zoals ik was? Ik schep op tot ik niets meer lust. Maar al dat eten kan de nieuwe ruimte die ik in me voel niet vullen.

Elna loopt zwijgend mee naar het atelier. Wanneer ze het licht aanknipt, kijkt ze me aan. 'Hoe gaat het nu tussen jou en Ramin?'

'Hij is gevaarlijk. Het is een terrorist.'

De jurk hangt in elkaar gespeld aan een kledinghanger. Ramin heeft het netjes gedaan.

Als Elna blijft zwijgen, ga ik verder: 'Je vertrouwt hem blindelings, maar wat weet je nu van hem? Ik heb zo mijn bronnen; hij komt moeilijkheden brengen.'

'Hoe weet je dat?'

'We worden allemaal bedreigd. Het leven is niet zo veilig als jullie denken. Ze zitten overal, de taliban, IS...'

'Oké.' Ze zucht. 'Ik hoor zo veel, van alle kanten. Het helpt niet om zomaar iets te zeggen. Het gaat om wat waar is. Wat voor bewijs heb je?'

Ik glimlach om haar woorden. Alles in Nederland draait om waarheid, wetten en regels. Recht gaat hier voor eer. Alles moet open en bloot, en dan zal het goed komen. Geheimen mogen niet bestaan; overal moeten de tl-lampen op. Een van mijn vroegere Afrikaanse vrienden is daarom vrijwillig teruggekeerd naar zijn land in oorlog. Hij ging liever daar dood waar mensen nog leven met geheimen, dan in een kil land zonder magie. Iedereen klaagt hier over de sfeer. Wat wil je ook? Als je zoekt naar iets wat er niet is – zoals eerlijkheid – raak je verbitterd als je het niet vindt.

'Hij zegt dat hij jou en je familie kent.' Elna kijkt me schuin aan. 'Klopt dat?'

Ik haal de jurk voorzichtig van de kleerhanger en speld de delen uit elkaar. Nu komt het erop aan om beheerst te spreken. 'Je moet hem niet vertrouwen. Hij komt hier om onrust te zaaien. Geloof niet wat hij zegt.'

Ze schuift een aantal tassen van tafel. 'Wat wil je dat ik

doe? Moet ik hem de toegang tot het atelier ontzeggen? En hoe denk je de jurk alleen af te krijgen?'

'Ik zal er dag en nacht aan werken.'

Ze kijkt me zwijgend aan en schudt na enkele ogenblikken haar hoofd. Vervolgens wijst ze naar de jurk en noemt een paar dingen die vanmiddag tijdens het passen naar voren kwamen. Ik antwoord kortaf. Ze hadden de aanstaande bruid niet nu al moeten laten komen. Het gaat om verwachtingen die je op elkaar afstemt en nu raakt alles verstoord.

'Ik kan het niet,' onderbreekt ze zichzelf. 'Ik kan Ramin hier niet weigeren, al ken ik hem niet goed. Ik kende jou toch ook niet toen je hier kwam wonen, Jabir? Strubbelingen horen in een gezin. Ik weet dat jij nooit een echte familie hebt gekend, maar dit hoort erbij. Zie hem als je broer. Is dat niet mogelijk? Net zoals we jou als zoon zien.'

Nu heeft ze mij klem. Zij en haar man kenden mij niet toen ze mij onderdak boden. Ik hoefde niet eerst mijn verhaal te vertellen, zoals bij al die andere mensen in de jaren daarvoor. Ze gaven me eten en een stuk zeep. En meer nog: ze waren de eersten die vrijuit naar mij lachten, zonder een zweem van twijfel in hun ogen, al wisten ze dat ik geen papieren had. Natuurlijk vertrouwde ik ze niet. Waarom zou ik? Maar toen kwamen de kwartels.

Op een dag stond er een groot apparaat op de eettafel. Een soort glazen ei, met aan de onderkant een ruimte voor warm water. Er lagen een heleboel eitjes ter grootte van kiezelstenen op het rooster boven het water. Elna zat naast het apparaat. 'Er zitten er veertig in en er komen er ongeveer twintig uit. Het worden kwartels. Iedere kwartel krijgt een naam van iemand in dit huis. Welke wil jij zijn?' Het leek me onmogelijk te onthouden welk ei bij wie hoorde. Bovendien wist ik niet eens wat kwartels waren. 'Kleine kippen,' legde ze uit. 'Hun eieren zijn zeldzaam en goed voor je weerstand.' Ik koos een ei met veel spikkels en raakte net als het hele huis in de ban van de kleine eieren. Er kwamen kinderen uit de buurt over de vloer, zelfs af en toe een schoolklas. Elna haalde boeken over kwartels in huis en 's avonds keken we samen naar de platen. Het zou zeventien dagen duren voordat ze uitkwamen. Kleine, schriele beesten. Toen iedereen een ei had uitgezocht, maakte Elna er een foto van, die ze ophing in het atelier. Zo kwam het dat ik mezelf elke dag zag liggen onder de warmtelamp, samen met mijn zogenaamde nieuwe familie. 'Ik denk dat jij bijna gaat uitkomen,' zei ze op een vrijdag tegen me. Die nacht klopte ze op mijn deur. 'Kom kijken,' fluisterde ze. 'Je bent al een uur aan het pikken in je ei; het kan niet lang meer duren.' Ik wurmde me uit mijn warme bed en ging beneden op de koude bank naast haar zitten. We zagen het ei bewegen; het kleine snaveltje verscheen door de gespikkelde schaal. Elna fluisterde het beest van alles toe om hem uit de schil te lokken. Plotseling klapte de eierschaal open en kwam er iets uitkruipen. Het fladderde, viel en bleef uitgeteld liggen, als was het dood. Ik ging terug naar bed, maar Elna bleef achter. Ze wilde zien hoe het beest opdroogde en hoe hij zijn eerste stapjes zou zetten. Ik lachte haar uit en grijnsde nog steeds toen ik weer in mijn bed kroop. 'Nanna,' besefte ik. 'Ze is net mijn nanna.'

Nadat Elna is weggegaan, begin ik aan de kleine knoopsgaten voor de achterkant van de japon. Ze heeft al haar vragen bij mij achtergelaten, zonder op de antwoorden te wachten. Pas na ruim twee uur heb ik acht knoopsgaten klaar. Ik rijg de delen op elkaar en kijk waar de naden afwijken. Als de basis straks staat, kan ik de kanten afwerking gaan doen. Ik zoek in de kelder naar de paspop die ik daar laatst zag staan. Hij ligt in een hoek, achter een oude pingpongtafel, en ik sjor hem tussen de rotzooi vandaan naar boven. Ik verwijder zorgvuldig het stof van de pop, maak hem schoon en speld de jurk in elkaar op het plastic frame. Het begint nu ergens op te lijken. De aanwijzingen van Ramin na het passen gaan nergens over; hij weet niet wat de bedoeling is voor dit ontwerp. Dus negeer ik alle punten die Elna net heeft opgenoemd en begin met knippen en spelden. Deze jurk wordt mijn visitekaartje. Mensen zullen verrast zijn, vervolgens enthousiast en daarna jaloers. Ik ben hier alleen en heb alle tijd. Voor de zekerheid draai ik de deur aan de binnenkant op slot. In deze wereld kan niemand mij iets maken.

Dans

Er wordt geschreeuwd en op de deur gebonsd. Het duurt even voor ik besef waar ik ben. De jurk hangt over een stoel en ik lig ernaast op een deken. Verder slapen is een mogelijkheid. Gewoon doen alsof je niets hoort. Er wordt nu ook op het raam geslagen. Gelukkig zijn de gordijnen gesloten. Ik sta op en in de keuken plenst het water koud in mijn gezicht. De geluiden stoppen. Met een slok thee werk ik de laatste boterham naar binnen die ik in mijn tas kan vinden.

De jurk vordert; tot in de vroege uurtjes waren mijn handen in beweging. Weer wordt er op het raam geslagen en geschreeuwd. Ik pak de jurk van tafel en bestudeer de naden opnieuw. Het is tijd om te beginnen aan het kanten materiaal. Ik trek de brede stroken stof uit de verpakking en leg ze naast elkaar op de pastafel. Licht – dit is licht. De patronen doen er niet meer toe; het beeld zit in mijn hoofd en nu is het alleen nog knippen en spelden. Het is alsof ik hier eerder was; exact op deze plek, met deze geur en deze dreunende geluiden op de achtergrond. Alsof ik dit ooit al droomde en de droom nu verdergaat.

Omdat het kant zo licht is, schiet het alle kanten op. Alle aandacht is nodig. Ergens in mijn achterhoofd is er dat grotere plaatje; de schets die ik gisteren maakte bij het water. Die ontdekking: ik ben iemand en ik kan iets. Alsof ik het terugkrijg nadat het jaren geleden is afgepakt. Op Schiphol namen ze het van me weg. Ze gaven me er letters voor terug; vanwege mijn leeftijd kon ik niet zomaar teruggestuurd worden. In plaats daarvan mocht ik naar school, voor het eerst van mijn leven.

Schrijven en lezen bleken leuk te zijn; het was alsof de wereld aan mijn voeten lag. Woorden op papier zijn anders dan gesproken woorden. Er was een leraar die gedichten maakte en ze aan ons voorlas. Hij nam ons ook een keer mee naar de moskee, een stad verderop. Het was sinterklaastijd en na afloop had iemand van onze klas in alle lege schoenen in de hal een mandarijn gestopt. Verstijfd was ik in een hoek gaan staan, wachtend op de confrontatie. Die bleef uit; de mannen uit de moskee lachten om het voorval en lieten onze leraar zelfs een van zijn gedichten voorlezen terwijl ze zoete thee schonken. Aan zulke dingen merkte je dat hier alles anders was.

Het liefst zat ik op mijn kamer bij mijn nieuwe pleegouders. De vrouw bracht me boeken en strips en zo kon ik de meisjes ontlopen. 'Val jij niet op ze?' had mijn leraar een keer gevraagd. Ik snapte niet wat hij bedoelde. 'De meiden vinden je leuk,' verduidelijkte hij. 'Wil je niets met ze?' En toen ik niet antwoordde: 'Je moet er zeker aan wennen hoe ze hier zijn?' Ik kon hem niet uitleggen hoe het echt zat. De gevoelens van afschuw over alles in mijzelf. Die meiden met hun borsten, die zo uit het hoofd van oom Malik gekropen leken te zijn. Liever luisterde ik naar de gedichten; dat waren woorden die je als een jas kon aantrekken. Soms hoopte ik dat mijn leraar ook zijn armen om me heen zou slaan, maar dat heeft hij nooit gedaan. Wel probeerde hij ons te leren dichten. Het werd niks, want je moest je gevoel op papier zetten. Vanaf die tijd begon ik weer met schetsen. Tijdens de lessen tekende ik mijn schriften vol. Ik mocht de kleding maken voor de musical die onze groep aan het eind van het jaar opvoerde. Op papier althans; mijn pleegmoeder zette alles in elkaar. Haar machine mocht niet door anderen worden aangeraakt. Maar toen ik het toch een keer had gedaan en ze het resultaat zag, liet ze mij af en toe helpen. 'Als je het maar tegen niemand zegt. Doe maar gewoon, dan doe je al gek genoeg,' en: 'Je moet je kop niet boven het maaiveld uitsteken.'

Naast pleegouders kreeg ik ook allerlei papieren. Mijn pasfoto moest erop. De jongen die me daar zonder bedekking op zijn hoofd aankeek, leek iemand anders. Op school beloofden ze dat hoe meer letters en cijfers je kende, hoe meer kans je maakte op een goed leven. Ik geloofde er bijna in. Maar ik werd achttien. De leeftijd waarop je alle cadeaus die ze je ooit gegeven hebben, weer moet inleveren. Opeens moest ik verhuizen naar een groot centrum, waar ik na een paar maanden hoorde dat ik terug moest naar Afghanistan. Terug naar Schiphol. Maar er bestonden geen geldige papieren van mij, dus wilden ze me eerst in een ander centrum stoppen. Iemand zei dat ze je daar met honden in de gaten hielden. De straat leek me een beter idee.

De koffiepot blijft halfvol, terwijl de dag veel te snel vervliegt en het licht alweer verdwijnt. De spreeuwen waar Elna en ik zo graag naar kijken, zullen nu ergens hun dans in de lucht maken. Van achter de machine vandaan is het een paar passen naar de deur en naar buiten. Buiten adem ik de koude lucht in en uit. Verrassend hoe eenvoudig het leven kan zijn. Gewoon hier en nu, en ergens in de toekomst een feest.

Op de bruiloft zullen we ook Afghaans dansen, heeft Elna verklapt. Nederlanders bewegen met hun voeten en benen, wij bewegen met ons hart en bovenlijf. Nederlanders dansen om gezien te worden, wij om verbonden te raken. Hoelang is het geleden dat iedereen met wervelende handen op mij afkwam en ik werd meegetrokken in de kring van mensen die samen één werden met de muziek? In mijn hoofd komen de melodieën omhoog. Muziek van vroeger; als vanzelf komen de klanken uit mijn mond.

Pas na een paar zinnen heb ik het door. Zwijgend staat Ramin daar, zijn blik broeierig. Waarom zou ik stoppen met bewegen?
 'Ophouden!'
 Ik maak nog een draai.
 'Jij...' Hij laat een stilte vallen die dreigend zou moeten zijn.
 Ik ben een kop kleiner dan hij. En ik heb geen papieren.
 'Je bent dood,' snauwt hij, terwijl hij een beweging langs zijn keel trekt.
 Een bekend, verlammend gevoel komt opzetten, maar dan zie ik de weerspiegeling van een gladgeschoren figuur in het raam. Het duurt even voordat ik besef dat ik het ben. En ook de grijns die over het gezicht van de man trekt, is van mij.
 'Dat klopt,' zegt die nieuwe persoon. 'De Jabir die jij kende, bestaat niet meer.'

Verraden

Het atelier is mijn fort. Hoelang leefden mensen zonder eten tijdens het beleg van Leiden in de Tachtigjarige Oorlog? Hoelang deed Jezus het zonder voedsel in de woestijn? Dat zijn van die details die ze je vragen tijdens verhoren. Dat het vasten van sommige christenen anders is dan het vasten tijdens de ramadan, waar je na zonsondergang gewoon mag eten. Christenen houden dat soms wel veertig dagen vol en ik ben nu nog maar drie dagen hier in het naaiatelier. Er zit water in de kraan en in een van de keukenkastjes liggen twee pakken toast. Soms dansen er donkere vlekken voor mijn ogen, maar voor de rest maakt de honger me helder. Elna kwam gisteravond langs. Als ik wilde eten, moest ik meekomen naar haar huis. Daar wilde ze samen met mij en Ramin om de tafel gaan zitten.

Waarom zou ik dat doen? 'Geef me een week alleen. Daarna kan er gepast worden.'

Ze had me vertwijfeld aangekeken. 'Ik doe hier niet aan mee. Dit is jouw keus. Als je honger hebt, kom je maar naar mij. Ik kom hier niets brengen.' Die laatste zin had ze nog drie keer herhaald, alsof ze zichzelf moest overtuigen. Daarna was ze aarzelend weggelopen.

De rok is klaar. Ik speld hem voorzichtig vast op de paspop en bekijk het resultaat van boven tot onder en helemaal rondom. Hij is beter gelukt dan ik had verwacht. Het is gevaarlijk als iets goed gaat. Daarna lukt soms lange tijd niets meer, omdat je lui geworden bent en probeert je eerdere succes na te doen. Zoiets is vast gebeurd in het huis van Malik. Ze willen het wonderkind terug omdat ze zichzelf zijn gaan vervelen. Nu de zaken minder gaan, weten ze niet meer hoe ze dat moeten oplossen. Ze zijn gewend aan makkelijk zakendoen en weten niet hoe je vanuit de modder iets nieuws moet opbouwen. Niet dat ik daar goed in ben overigens. Hier in het naaiatelier was ik ook tevreden met alles wat op mijn pad kwam. Af en toe een opdracht, iemand die mijn naam noemde. Hoe heb ik ooit kunnen denken dat die plek genoeg was? Door het lege gevoel in mijn maag kan ik het scherper zien: hoe kan het dat wij – die zonder papieren zijn – afwachten tot we opgemerkt worden? Ondertussen zet ik de lijnen uit voor het lijfje. Het beleg van de zijpanden is moeilijker dan verwacht. De tijd verstrijkt terwijl ik knip, pas en meet. Maar ik maak fouten. Het komt niet uit mijn handen zoals ik het graag zou willen. Als ik het lijfje uiteindelijk boven de rok speld, ruk ik het er direct weer vanaf. De stof moet worden uitgehaald in een rustig tempo. Hoe meer ruimte, hoe meer kans dat het licht aangaat in mijn hoofd. Er zijn nog twee stukken toast. Ik eet ze hapje voor hapje terwijl ik naar stofdelen kijk. Wat ik nodig heb, is meer tijd.

Elna's stem aan de andere kant van de deur komt vanuit het niets. Ik moet zijn ingedommeld.
    'Jabir, waar ben je?'
    Ze duwt de deur open, glipt naar binnen en duwt de deur weer dicht met haar rug. 'Je moet gaan. Pak je spullen. Er is geen tijd te verliezen.' Wanneer ze de rok op de paspop ontdekt, weifelt ze.
    Ik sla mijn armen over elkaar. 'Niet zonder de jurk.'

'De vreemdelingenpolitie doorzoekt nu je flat. Ze zullen ook hier kijken. Ze kunnen er elk moment zijn.'

Niet alle stof past in mijn handen.

'Waar ga je heen? Je kunt dat onmogelijk allemaal meesjouwen.'

Ze heeft gelijk. 'Ik neem de naaimachine en het lijfje mee. De rok komt later wel.'

'De naaimachine...' begint Elna.

'... die heb ik nodig,' maak ik de zin af. Met één beweging verdwijnen de losse delen van het lijfje in een grote tas die naast de tafel staat. Daarna schiet ik in mijn jas en sjor de zak op mijn rug.

'Ramin zeker?' vraag ik.

Elna wringt haar handen. 'Ik weet het niet. Ik heb hem al een paar dagen niet gezien. Waar ga je heen, neem je contact...?' Ze onderbreekt zichzelf. 'Jij moet nu eerst in veiligheid gebracht worden.' In een vuilniszak uit een van de kastjes maakt ze een gat aan de bovenkant. Het plastic past om de naaimachine. 'Hij is zwaar.'

Buiten stopt een auto.

Ik open mijn beide handen en ze legt de machine als een baby in mijn armen.

'Je gaat door de garage,' beslist Elna. Via de achterdeur duwt ze me de garage achter het atelier in. De kwartels maken een enorm kabaal. 'Ga. Ze zullen gauw genoeg doorhebben dat hier ook een uitgang zit. Ik blijf hier.'

Ze hebben de deurbel van het atelier gevonden; de bel die nooit iemand gebruikt. Elna stapt langs me heen en opent de volgende deur naar buiten, die achter mij in het slot valt. Snel nu, maar waarheen? Tussen de flats richting het water. Ook al branden mijn armen van de pijn, toch loop ik door tot de boom. Leunend tegen de stam laat ik me zakken. De kou die uit de grond omhoog komt, trekt door mijn botten naar mijn hoofd. Ramin! Die inhalige verrader verdient het om te sterven. Ik schreeuw naar het water. Een paar krijsende meeuwen vangen mijn verwensingen op en dragen ze de ruimte in. Hier kan ik niet blijven zitten: vanaf de weg word je zo in de koplampen van een auto gevangen. Dus loop ik de ruziënde meeuwen achterna, naast de baan van zilver op het heldere water, waar de volle maan zijn licht weerkaatst op het oppervlak.

Kraakpand

Het geluid van vroege vogels. De pijn in mijn spieren brengt me terug naar de werkelijkheid van een koude vloer. De ruimte om me heen is kaal; een lege kamer met een betonnen ondergrond, een vuil raam en een deur die gisteravond meegaf. Door de begroeide afrastering van de tuin zie ik een glimp van het kanaal.

Normaal wordt het hier bewoond door kunstenaars, maar ik hoor geen enkel geluid. Behoedzaam voel ik aan de deur waardoor ik gisteren naar binnen ben gekomen. Vreemd, hij zit op slot en dat heb ik niet gedaan. De andere deur uit de kamer kiert met een schurend geluid open. Niemand. Niet in de vervallen hal en niet in de aangrenzende kamers. Wel staan er overal glazen, sommige nog met een laag drank of koffie erin. In de keuken een afwas die het aanrecht bedekt. Uit de kraan komt geen water. Als ik naar boven loop, lijkt het alsof het hele huis kraakt. De boomhut is een grote verrassing. Met brede planken is er een vloer getimmerd vanuit een balkondeur naar een boom in de tuin. In de vroege ochtendwind wippen kleine lampionnetjes die aan de takken van de boom zijn opgehangen op en neer. Als ik op mijn tenen ga staan, kun je het kanaal in de breedte overzien.

Opeens is er een geluid. Ik duik in elkaar, achter een tafel. Het is een witte kat die het huis binnenglipt. Ze lijkt niet erg hongerig. Ik volg haar naar binnen de trap af. In de hoek van de keuken staat een gevulde bak met kattenbrokken waar ze van eet. Er moet hier dus iemand wonen.

De naaimachine doet het niet. Eerst denk ik dat het aan het apparaat ligt, maar geen enkel stopcontact blijkt te werken. Er is hier dus geen water en licht, en eten is er ook nergens te vinden. Ik ruik aan de kattenbrokjes. Geen goed idee. De batterij van mijn telefoon is bijna leeg; nog even en ik ben compleet onbereikbaar. Er is een bericht van Elna. Trek ik nu verder, op zoek naar eten en onderdak, of bel ik haar om mij te helpen?

Ze neemt direct op. 'Wacht even...' Gestommel. En dan: 'Ik kan nu vrij praten. Waar zit je?'

'Wie is er bij je? Is Ramin daar?'

Een zucht. 'Ja, en anderen. Ze zijn allemaal bezorgd om je.'

'Wat zei Ramin?'

'Niet zo veel. Waar zit je?'

'Kun je naar het kraakpand bij het kanaal komen met wat eten?'

Ze weet direct wat ik bedoel.

'Zorg dat ze je niet volgen, Elna. Ik wil dat je tegen niemand iets zegt.'

'Natuurlijk. Ik ben er over een uur.'

Pas als ik ophang, zie ik hem staan. Een man met halflang, rossig haar. Hij staat buiten op blote voeten en kijkt door het raam. Zal ik wachten tot hij naar binnen komt? Hij leunt op een hark en blijft kijken. Wenkt hij me nu? Ik loop naar buiten, waar hij met zijn gezicht naar beneden de tuin staat aan te harken. Op een paar meter afstand wacht ik af. 'Woont u hier?' vraag ik na een korte stilte. Hij kijkt op, alsof ik hem zojuist gestoord heb in een belangrijk karwei. 'Dit is mijn huis momenteel, inderdaad. Vergeet niet de deur op slot te draaien als je binnenkomt; dat houdt gespuis buiten de deur.'

'Ik ben Jabir. Kan ik hier een tijdje blijven?'

Hij monstert me. 'We leven in een vrij land en er zijn kamers vrij. Mijn naam is Herbert.' En hij begint weer te harken.

'Is er ook mogelijkheid tot stroom? Waar haalt u water vandaan?'

Zijn arm beweegt richting het kanaal. 'Water genoeg zou ik zeggen.'

'Ik heb ook stroom nodig. Ik heb een naaimachine en naai kledingstukken.'

Nu heb ik zijn aandacht. 'Ik heb nog twee kapotte broeken.' Hij laat zijn hark vallen en hinkt op een vreemde manier naar binnen en vervolgens naar boven. Pas als hij weer naar beneden komt, zie ik dat zijn rechtervoet van plastic is. Hij laat twee spijkerbroeken zien. Bij de een is de rits kapot, de ander heeft een grote winkelhaak.

Ik probeer niet naar zijn vreemde voet te kijken. 'Dat kan ik prima repareren, maar dan heb ik wel stroom nodig.'

Hij kijkt me vorsend aan. 'Stroom, aha.'

'U bent handig toch? Hebt u dat dakterras gemaakt?'

Hij strijkt door zijn haar, een vergenoegde glimlach op zijn gezicht. 'De mooiste plek in deze omgeving. Stroom, zei je? Heb jij eten bij je?'

'Er komt zo iemand met eten.'

'Hm... Laten we afspreken: jij regelt het eten, ik de stopcontacten.' In zichzelf mompelend loopt hij naar buiten. 'Stroom. Wat hebben we nodig voor wat elektriciteit?'

Elna is laat. Van achter het gordijn bij het raam zie ik haar zoeken voor het huis.

Ze kijkt om zich heen en zet haar fiets achter een van de bomen in de tuin. Uit haar fietstas haalt ze twee grote zakken. De man met de plastic voet – zijn naam herinner ik me al niet meer – lijkt verdwenen.

'Je bent veilig!' In het schemerige licht van de hal oogt ze alsof ze net een dagenlange reis achter de rug heeft.

We gaan zitten in de woonkamer, waar ik een van de gordijnen heb gesloten. Eerst eten. Zwijgend schrok ik de rijst naar binnen. Ze opent nog andere dozen met salade, kip en eieren. Tussen de happen door schuif ik een doos apart. 'Er woont hier nog een man en ik heb hem ook eten beloofd.'

Ze fronst. 'Hoeveel mensen wonen hier? Ik ben niet van plan een hele kunstenaarskolonie te voeden.'

'Ik zorg voor het eten. Die andere man zorgt voor de stroom. Alleen zo kan ik de jurk afmaken.'

Ze kijkt weg. 'Daar moeten we het over hebben. Kan Ramin het niet overnemen? Of ik? Dat zou logischer zijn. Jij bent toch verdwenen? Hoe moet ik dit uitleggen?'

Een van de dozen valt op de grond als ik opsta. 'Ik ben niet verdwenen. Ik zit hier en heb de jurk in mijn hoofd.'

'Er zijn grenzen... Voor ons zijn er grenzen, snap je? Ik kan niet meegaan in al jouw wensen.' Ze begint de bakjes in elkaar te stapelen, zoekend naar woorden.

Wat moet ik terugzeggen? Van mij verwachten ze dat ik van ruimte naar ruimte zwerf, terwijl ze zichzelf terugtrekken tussen grenzen. Misschien moet ik inderdaad teruggaan naar Afghanistan. De een wordt geboren in een ongelukkig lichaam, de ander in een verschrikkelijk gezin en ik had de pech dat ik tevoorschijn kwam in het huis van Malik. Je moet je lijden omarmen, zei een van die christenen laatst. Ieder huis zijn eigen kruis. Ik heb te veel gegeten; de laatste hap komt met zurige gal omhoog. Ik wil geen kruis, ik wil de jurk maken waarvan elke lijn in mijn hoofd zit; de jurk die mij lichter maakt. De woorden binnenhouden lukt niet langer. 'Ik snap jullie geloof niet. Als die Jezus er is voor iedereen, waarom dan niet voor mij? Als er zo veel vrijheid is, waarom verstop jij je fiets dan achter die boom? En Allah... Hij zou zegenen? Waarom zou ik dat nog geloven?'

Elna kijkt me alleen maar hulpeloos aan. 'Omdat je liefde nodig hebt,' zegt ze zacht.

'Nanna, wat heb ik aan liefde als ik er niet aan mag meewerken? Wat zou Jezus doen als Hij mij was? Zou Hij de jurk afmaken?'

'Vraag je dat nu aan mij? Ik ben Jezus niet.'

'Maar je kent Hem. Wat denk je dat Hij zou doen?'

Ze zwijgt, verbluft.

In de stilte klinkt opeens een stem: 'Er is weer stroom!'

Scheppen

De kamer boven, vlak naast het uitgebouwde balkon, blijkt een ideale plek voor de naaimachine. Vanuit het raam is er de lucht en de schaduwen van de wolken die over het water glijden. Ook zijn er de boten die voorbijgaan. De dag die kleurt van nieuw naar oud, de tijd die erin sluipt, net zoals je bij stoffen ziet. Eerst heb ik de broeken van Herbert gerepareerd.

'Misschien kan ik ook voor water zorgen,' mompelde hij bij het eindresultaat.

Je hoeft niet veel van elkaar te weten om elkaar toch te begrijpen.

Elna is al drie keer geweest met gevulde tassen en de laatste keer bracht ze ook de paspop en de rok mee. Ze had het niet met Ramin overlegd, vertelde ze met een zucht. Ik vroeg niet door. Ze stelde zich aan mijn huisgenoot voor en toen zei hij zijn naam weer. Herbert. Ik hoop dat ik het deze keer kan onthouden. Hij floot zachtjes toen ik de rok op de pop had afgespeld. Later kwam hij zwijgend naast me zitten op het balkon, totdat de zon verdween en alle warmte meenam. Ik had hem willen vragen naar zijn been, maar we keken in de verte en dat was genoeg.

Wanneer de spreeuwen door de lucht dansen, stop ik meestal met werken. Maar vandaag niet. Ik heb alle delen van het lijfje uit elkaar gehaald en weet dat ik tot diep in de nacht bezig zal zijn. Over een week wil de bruid passen. Dus vergeet ik de vogels en begin.

De dagen zijn zonder gedachten, verleden, toekomst en tussenkomst van mensen. Af en toe is er een bakje met warm eten op mijn bureau voor het raam. Ik eet zonder te proeven. Buiten wisselen licht en donker elkaar af. Maar het lijkt alsof alles zich buiten mij om afspeelt. Alle uren zijn voor mij gelijk; ze rijgen zich aaneen, zoals stof op een natuurlijke manier zijn vorm vindt in een gewaad. Er lijken geen fouten te bestaan; alles gebeurt op het aangewezen tijdstip. Dit gewaad is een bloem die langzaam opengaat. Flarden van gedichten van mijn vroegere leraar komen omhoog. Ik heb ze toen heel vaak gelezen. Niet om ze te begrijpen, maar omdat er iets van uitging wat ik niet kon verklaren. Volgens mijn leraar mocht je een gedicht niet snappen; je moest het zelfs niet eens proberen. Geen gedachten over de toekomst nu, al liggen er vragen op de loer, als een slang die zich langzaam voortbeweegt in het gras. Er zal een moment komen dat ik klaar ben, maar vertragen werkt niet. Ik moet mijn tempo vasthouden.

Drie dagen duurt het. Dan drapeer ik met ingehouden adem de stof om de pop. Het is een tweede huid die daar hangt. Alles wat ik tot nu toe maakte, was in mijn gedachten bestemd voor mijn moeder en Noor. Elke jurk bracht me dichter bij hen. Maar wanneer ik de stof beroer, verschijnt er vanuit het niets een ander silhouet op mijn netvlies. Het beeld verdwijnt, maar het gevoel dat ik nog niet kende, blijft. Het is alsof dit vrouwelijke wezen ergens vanuit een ondergrondse grot in mijn binnenste naar boven is komen zwemmen, totaal onverwacht. In de stilte sluit ik mijn ogen om haar vormen terug te halen. Het lukt niet, dus haal ik de stof met onvaste hand van de pop om de laatste losse draden weg te werken. Ik prik met de naald in mijn vinger, gooi de stof van me af en loop naar het balkon. Dit onbekende verlangen naar een vrouw is als een golf die mijn lijf doorspoelt, zo anders dan alle gevoelens die ik ooit bij vrouwen heb gehad. Mijn hart lijkt uit mijn borst te springen; een nieuw soort opwinding. Klopt het dan misschien niet wat ik al tijden vermoed, maar nog nooit heb uitgesproken? Terug in de kamer, de jurk weer op de pop gespeld, is daar opnieuw die tweede huid, alsof ik schep met elke beweging van mijn handen. Verlangen in een vorm. 'Is dit het? O, God. Voelde het zo aan het begin van de tijd?'

Alle concentratie is nu verloren. Het balkon is niet ruim genoeg meer, dus verlaat ik het huis en dwaal langs het water. De politiewagen die door de grote straat langs het kanaal rijdt, zie ik pas laat. Hoelang volgen ze mij al? Maar er stapt niemand uit en na een paar minuten gaat de auto er met grote snelheid vandoor. Eerst geeft de onbekende euforie me nog vleugels: het lijkt alsof ik op watten loop. De zonnestralen op het wateroppervlak verblinden me. Ik trek mijn jas en trui uit terwijl de meeuwen om me heen dansen. Hun gekrijs klinkt melodieus. De kou neemt de tijd; heel langzaam sluipt ze binnen. Trage, zware kou. Al deze nieuwe gevoelens van mijn nieuwe ik; wie zegt me dat ze mij de goede weg wijzen? Hebben vrouwen, of gevoelens voor vrouwen, mij ooit iets goeds gebracht? Hadi stonk naar geit en het is alsof ik haar ineens ruik. Jarenlang heb ik niet aan haar gedacht. Wat een huichelachtig wezen was het. Ik zou haar moeten opsporen om haar alle hoeken van de kamer te laten zien. Beelden in mijn hoofd van wat ik met haar doe, net als de dromen die ik over Ramin had. Alles wat oom Malik deed, en erger. Rennen moet ik, weg van deze gedachten. Terug naar de jurk en de schoonheid die er ook uit mijn handen kan komen.

Het water is grauw, zo grauw heb ik het nog nooit gezien. Zwarte vlekken voor mijn ogen. Eenmaal in het huis zoek ik naar resten eten. Herbert moet alles opgegeten hebben – waar is hij eigenlijk? Ik vind niets meer in de keuken, behalve een muffe geur. Boven en beneden gaan de deuren tegen elkaar open. Een koude stroom trekt door het huis. Schoon. Alles moet schoon. Het maakt niet uit dat het water in de douche koud is; ik schrob mijn lijf met de knokkels van mijn handen. Ik zal Elna vragen of ze schone kleding meebrengt, want er hangt een zurige lucht om mij heen wanneer ik me weer aangekleed heb.

De jurk hangt er nog. De stof wappert zachtjes rondom de paspop. De bruid kan zo komen passen; werkelijk alles klopt. Ik wil er niet te lang meer naar kijken. Op de schommelstoel buiten komt de kat op mijn schoot zitten en ik streel haar vacht met een repeterende beweging.

Hoelang ik in de stoel gezeten heb, weet ik niet, maar opeens klinkt Elna's stem vanuit het huis. Het lukt me niet om de kat van mijn schoot te verjagen en op te staan. Uiteindelijk hoor ik Elna naar boven stommelen. Ze loopt eerst naar de naaikamer en sluit daar het raam. Ik vermoed dat ze lange tijd naar mijn creatie staart. Even later verschijnt ze op het balkon, een glans in haar ogen. Ik bestudeer haar bewegingen terwijl ze een bakje noten uit haar tas haalt en die mij zwijgend aanreikt. Mijn nieuwe ik bekijkt haar met hernieuwde blik. Al lopen er tientallen lijntjes over haar gezicht en draagt ze geen luxe stoffen, zij bezit schoonheid en gratie. Waarom heb ik dat nooit eerder opgemerkt?

'Wil jij de jurk niet passen?' Ik had dat niet moeten vragen, zie ik direct aan haar gezichtsuitdrukking. Ze staat op, loopt naar de rand van de hut en kijkt uit over het water. 'Mijn trouwdag is al lang geleden geweest.'

'Hij zou je prachtig staan.'

Ze draait zich om. 'Dit is nog maar het begin, Jabir; als vrouwen deze jurk zien, zullen ze allemaal bij je komen.'

'Ik wil iets voor jou maken.'

Een zweem van een glimlach op haar gezicht.

'Ik denk aan groen. Groen is jouw kleur.'

Ze lacht nu voluit en schudt haar hoofd. Dan, ernstig: 'Jabir, we moeten praten over deze situatie hier. Zoals we het nu aanpakken, kan het niet langer voortduren.'

'Waarom niet?' Nu kom ik uit de schommelstoel. 'We maken dit tot een geheim atelier. Niemand hoeft het te weten.'

Ze kijkt van me weg. 'Je zult het niet leuk vinden om te horen. Het bruidspaar wilde jou en Ramin op het feest uitnodigen, persoonlijk bedanken en de mogelijkheid geven om reclame te maken. Ramin heeft hun verteld dat jij er niet meer bent en dat hij de jurk nu samen met mij afmaakt. Het is jouw jurk natuurlijk... maar dat weten zij niet.'

Ik herhaal in mijn hoofd wat ze zojuist zei. 'Maar dat klopt niet. Dat heb je toch wel gezegd?'

Ze schraapt haar keel. 'Er is meer. Op de een of andere manier is Ramin erachter gekomen dat jij hier zit. Toen ik de rok kwam brengen, is hij me achternagegaan. Hij heeft beloofd je niet meer lastig te vallen, als ik beloofde dat ik de jurk mee zou nemen als hij af is.'

Alsof ik hier al eerder was, precies op deze plek. *Wij verkopen alleen jurken van Malik.*

'En als hij de jurk heeft, kan hij alles met me doen wat hij wil. Wat heb jij gezegd, Elna? Wat heb je gedaan!'

Ze grijpt mijn arm beet, voor het eerst. 'Wat moest ik doen, Jabir? Wat voor oplossing heb jij?'

Ik duw haar van me af. 'Hoelang weet jij dit al? Dat ik niet aan het naaien ben voor mezelf, maar voor... hem.' Dat laatste woord spuug ik uit.

Elna kijkt me nu recht aan. 'Er is straks wel een bruiloft met een bruid. Wat moet zij anders aantrekken? Daarom wilde ik nu met je praten.'

Ik schop tegen de schommelstoel en daarna tegen de tafel. De hele hut trilt ervan.

'Ga weg!' Ze weet niet waartoe ik in staat ben, waarom blijft ze nu staan? Als ze een stap in mijn richting zet, doe ik een stap terug.

'Ik neem de jurk niet van je af, Jabir. Jij moet het zelf beslissen.'

'Heb ik een keus?'

Ze knikt. 'Ik denk er al dagen over na. Je kunt ook gewoon zelf op de bruiloft komen. Gewoon staan voor wie je bent, en wat je hebt gemaakt. Toch?'

Een onverwachte uitweg waar ik even over moet nadenken. 'Ramin zal woedend zijn,' zeg ik na een lange stilte.

'En in zijn eer aangetast,' vult Elna aan. Ze glimlacht voorzichtig naar me en houdt mijn ogen vast, zodat alle andere gedachten verdwijnen en ik kan meegaan in haar droombeeld. Alsof het niet uitmaakt dat ik mijn leven niet meer zeker zal zijn.

Elna wijst naar een van de stoelen. 'Je kunt je toch niet voor altijd verbergen? Dat zou toch absurd zijn? Laten we gewoon even zitten, alles van de dag laten bezinken. Net zoals we altijd deden.'

We proberen het, we doen allebei ons best om ons hart te openen voor de leegte van de lucht.
Ze wenst hetzelfde als ik, maar hoelang we die avond ook blijven zitten, er komen geen vogels.

Stemmen

De spreeuwen lijken verdwenen, ook de dagen daarna. Natuurlijk is het toeval. Ze zijn er wel vaker dagenlang niet, maar nu valt het me op. Ik zou me opgelucht moeten voelen nu ik ervoor heb gekozen om me niet langer te verbergen. Maar het is alsof er een leger aan stemmen in mij huist. Gedachten waarvan ik niet wist dat ze bestonden, bestormen mijn hoofd.

Ik ben gisteren met Elna naar het huis van de bruid geweest om de jurk af te passen. Ze is afgevallen, dus ik heb de jurk nog iets moeten innemen. Waarom heb ik niet kunnen genieten van haar stralende gezicht? De stof viel precies zoals ik me had voorgesteld en Ramin was er niet bij als pottenkijker.

'Ben je niet tevreden?' had Elna gevraagd.

Natuurlijk was ik tevreden, zei ik tegen haar. Het was gewoon de spanning. De hele situatie.

Op de bruiloft zelf zal alles anders zijn. Nog negen dagen te gaan.

Herbert is opeens overal strompelend aanwezig. Ook nu. De avond valt en ik loop naar beneden. Plotseling is hij daar, op de trap.

'Ik heb kip,' zegt hij. De geur hangt om hem heen en alleen daarom loop ik achter hem aan.

Op tafel staat een hele kip.

'Hoe kom je daaraan?' In ons zwijgen van afgelopen dagen zijn alle formaliteiten weggevallen.

'Een vriend kwam hem langsbrengen. Kom, eet mee.'

Wat wil hij van me? We hebben nog nooit samen aan tafel gegeten. Maar mijn maag rommelt en het is al een paar dagen geleden dat ik vlees at.

Herbert zit al en schept mij op. In de stilte prevelt hij een gebed, daarna kijkt hij naar mij. Wanneer ik blijf zwijgen, begint hij met smaak te eten. Ik volg zijn voorbeeld. Het vlees is sappig, mals en kruidig. Ik moet mezelf inhouden om het voedsel niet naar binnen te schrokken. We eten zwijgend. Ik heb pas door dat Herbert is gestopt met eten als ik opnieuw naar de kip tast. Er ligt maar één botje op zijn bord en hij glimlacht.

'Je hebt haast niets genomen!'

'Jij hebt meer honger.' Hij weigert het laatste stuk aan te nemen en ik eet het met neergeslagen ogen.

'Wat ga je doen, nu de opdracht klaar is?'

'Er zullen meer opdrachten volgen na de bruiloft, denk ik.' Het klinkt niet echt overtuigend.

'Over ongeveer een week is dat feestje, toch?' Met een blik op mijn kleding: 'Wat trek je zelf eigenlijk aan?' Hij lacht om mijn gezicht. 'Niet over nagedacht, hè?' Hij schuift zijn stoel onder de tafel en wenkt me naar de hal. 'Boven heb ik iets gevonden.'

Op de eerste verdieping klapt hij een trap naar beneden. Onhandig trekkend met zijn been beklimt hij de trap en kruipt door het donkere gat. Ik ga hem achterna. We eindigen op een koele, droge zolder. Je ziet hier bijna geen hand voor ogen, maar Herbert weet blijkbaar de weg. Hij hinkt naar rechts en haalt een doos achter een grote stapel oud papier vandaan. 'Als jij nu naar beneden gaat, geef ik je deze doos aan.' De opening is smal en mijn voet mist bijna een trede. Hij laat de doos van bovenaf in mijn armen vallen.

Een verrassend licht pakket. Herbert wankelt op de smalle trap en ik zet de doos opzij om hem te helpen. Hij hijgt als hij beneden staat. 'Kom, we gaan even naar het balkon.'

Buiten schijnt de zon nog. Het is 's avonds alweer langer licht en er lopen meer mensen op de boulevard. Op het buitenplateau zet ik de doos op tafel.

'Je been. Doet het geen pijn?'

'Elke dag,' zegt hij monter, waarna hij het plakband van de doos trekt en hem openvouwt. Er ligt vloeipapier boven op de inhoud, dat scheurt als je het vastpakt, stijf geworden van ouderdom. Daaronder is stof… Nee, het zijn kaftans. Kort en lang, klein en groot. Van linnen. Zwart met goud afgestikt. Herbert houdt ze een voor een omhoog. Ze zien eruit als nieuw. Ik kan ze verkorten, de linnen broek iets innemen. Er zijn nog meer kleuren, er lijkt geen einde aan te komen.

'Hoe komt dat hier?'

Herbert duwt zijn haar achter zijn oren. Nu pas zie ik dat hij zich geschoren heeft. Eerder had hij toch een baardje?

'Vind je ze mooi?'

'Je hebt ze gestolen. Speciaal voor mij.'

'Nee, ze zijn van mij.'

Ik monster hem. De maat zou hem passen. Maar wat moet hij met zulke gewaden?

'Ze zijn niet gestolen. Je kunt ermee doen wat je wilt.'

'Waarom doe je dit?' Ik houd een lichte kaftan omhoog.

Hij kucht. 'Ieder mens verdient een feest. Het wordt tijd dat je tevoorschijn komt.' Hij wrijft over zijn gezicht. 'Net als ik. Nu is de tijd om jezelf te laten zien.' Met een grijns: 'Die scheermesjes van jou werkten niet meer. Ik heb nieuwe bij je tas gelegd.'

'Ga je ook mee naar die bruiloft?' Nu ik erover nadenk, lijkt me dat wel wat: deze man als begeleider. 'Maar ik vertel je alvast dat ik direct daarna moet vluchten,' voeg ik eraan toe. 'Er is iemand die me te pakken wil nemen. Hij vindt dat de jurk van hem is.'

Herbert pakt mijn hand, schudt hem heen en weer. 'Je verhaal is herkenbaar; ik werd ook lange tijd gezocht.'

'Heb jij ook geen documenten?'

Hij zucht. 'Onthoud dit: documenten zijn niet belangrijk. Niet in het grote geheel. Aan sommige dingen wordt te veel waarde toegekend. Laat je ook niet opjagen door die Ramin.'

'Ramin? Je kent hem?'

Hij haalt zijn schouders op. 'Die man sluipt hier al een week rond. Ik heb de afgelopen dagen een paar keer met hem gesproken.'

Voelt het zo als een vis ontdekt dat hij gevangen is? Iedereen praat maar over mij; andere mensen beslissen over mijn leven, over mijn eten, zelfs over mijn kleding. Overal werken ze samen om mij ergens te krijgen waar ik niet wil zijn. Wat als ik niet had kunnen naaien? Hoe zou het gaan als ik de wereld niets te bieden had? Ik schuif de doos van me af.

'Het is een boos jong, die Ramin,' vervolgt Herbert. 'Daar moet je mee oppassen. Sprenkel olie op het vuur en het zal je verteren.'

Het liefst wil ik nu weglopen, maar iets in zijn stem maakt dat ik blijf staan. Hij vat het op als een teken om verder te gaan. 'Als je hem wilt uitdagen, daag hem dan uit om jou lief te hebben. Geef hem geen enkele reden om dat niet te doen. De mens is gemaakt om lief te hebben en geliefd te worden.'

Die man is knettergek. Ik heb zulke dingen eerder gehoord in het huis van Elna. 'Jij gelooft zeker ook dat je je vijand moet liefhebben? Keer hem de andere wang toe?'

'Daag hem uit tot liefde.'

'Dat doe jij zeker ook in je leven? En dan eindig je op zo'n plek als dit.'

'Wat is er mis met hier? Er is stroom, er is eten, er is uitzicht. Vooral dat laatste; dat hebben maar weinig mensen.'

Ik vouw de doos dicht. Alsof ik ooit zou willen dat Ramin mij liefhad, na wat hij mijn moeder en zusje heeft aangedaan! Waarom zou ik verlangen naar liefde tussen ons?

'Ik waardeer dit aanbod, maar het is niet mijn maat.' Mijn voeten kiezen de trap naar beneden, weg van het uitzicht.

Het water

De naaimachine zal direct zinken, maar met de jurk is het lastiger. Een plastic zak om hem in te stoppen heb ik al en met wat stenen zal het pakket zwaar genoeg zijn. Helemaal achter in de tuin ligt een stapel bouwmateriaal, inclusief stukken beton. Het begint inmiddels te schemeren en ik hoop dat al het licht nu snel verdwijnt. Gelukkig waait er een koude wind, zodat de wandelstrook langs het kanaal er verlaten bij ligt.

Ik ben niet gek; de hele nacht heb ik nagedacht over wat ik nu zal doen. Of het verstandig is? Misschien is dit wat ze intuïtie noemen: een vaste zekerheid dat het zo zal gaan, wat je ook allemaal bedenkt. Een onderstroom waar je tegenin kunt zwemmen, of die je gewoon moet volgen, richting open zee. De jurk heb ik zorgvuldig opgevouwen – al is dat funest voor de stof – en ingepakt in stevig, donkerbruin papier. Een jurk die je weggooit, hoef je natuurlijk niet in te pakken. Toch leek het me logisch om te doen. Uiteindelijk vond ik vier brokken steen die zwaar genoeg waren en heb ik de tas achter de voordeur gezet. Wanneer ik met de machine van boven kom lopen, ligt de tas met de jurk er niet meer. Er hangt een geur van knoflook en uien in de lucht. Ik zet de machine bij de voordeur en loop naar de kamer.

Precies wat ik dacht. Herbert zit naast de tafel, met de gele tas op zijn schoot en zijn handen er losjes bovenop.

'Dat is van mij.'

Hij knikt en overhandigt mij de tas. 'Je vat nog kou.

Hier is het warm. Er is ook nog soep. Net opgezet.'

Nu hij het zegt, word ik me er meer bewust van. Een warme geur met pittige kruiden.

'Kom op, Jabir, waarom zou je dit doen? Eet eerst wat.'

Hij moet in het complot zitten. In de soep zit vast een middel om me te drogeren.

'Waarom zou ik de wereld nog iets van mezelf geven?'

Herbert lijkt niet onder de indruk. Hij glimlacht zelfs. 'Waarom? Had de Schepper een reden om de wereld te maken?'

'Ben ik God, ben ik Allah?' Ik houd de tas tegen me aan en herhaal de woorden van de grijsaard met wie ik ooit in de buitenlucht sliep. 'Een man die niets vasthoudt, is een vrij mens. Pas als je je handen vrij hebt, ben je gelukkig.'

Herbert schudt zijn hoofd. 'Er zit een hele wereld tussen weggooien en weggeven. Met welk gebaar kies jij je vrijheid, jongen?'

Jongen. Alsof ik een kleine snotaap ben die nog niets in zijn leven heeft meegemaakt. Het pakket brandt tegen mijn borst. 'Wat weet jij van mij? Wie denk je dat je bent? Jij zwerft ook maar wat rond. Iedereen schijnt te weten hoe ik mijn leven moet leiden. Wie ik moet zijn. Vertel me: wie ben ik zonder iets wat ik kan geven?'

Hij kucht, gaat verzitten. 'Je mag hier blijven. Dat weet je toch? Wat je ook doet of nalaat, je mag hier blijven.' Ik ben al bij de deur als zijn stem me terugroept: 'Luister eerst naar het verhaal over mijn been. Ik had het je eerder willen vertellen, maar je vroeg er nooit naar.' Hij begint te praten en ik blijf staan tegen de deurpost, zijn stem in mijn rug. 'Ik diende in Afghanistan, daar heb ik die kleding vandaan. Landmijnen maken geen onderscheid tussen linker- en rechterbenen. Ik heb mijn beste voet gegeven voor dat land. Daar kan ik om janken, maar ik heb het vrijwillig weggegeven toen ik de opdracht aanvaardde. Ik was een volwassen man en wist wat de risico's van deze missie waren. Als je het beste geeft wat je hebt, kan daar iets goeds uit voortkomen. Daar geloof ik in, ondanks alles. Het heeft geen zin het minste van jezelf te geven, of helemaal niets. Daar wordt een mens niet gelukkig van.'

Ik draai me naar hem toe. 'Het spijt me van je been, Herbert. Maar ik ben anders dan jij. Toen ik vluchtte, wist ik niets van de risico's. Ik heb niet voor deze missie getekend.'

In de hal lijkt de machine groter. De tas met de jurk bungelt aan mijn arm en ik loop vanuit de tuin richting het kanaal. In mijn hoofd schreeuwen de stemmen, maar ik concentreer me op mijn voeten. Onder mijn T-shirt kruipt de kou omhoog.

Met welk gebaar kies jij je vrijheid?

Bij de kade buig ik voorover en laat het apparaat los. Weg – zo simpel is het. Nu de jurk; de tas is zwaar in mijn handen. De creatie die me lichter moest maken. Hij zinkt direct.

Koude soep

De nacht kent geen uren. Ik lig roerloos op mijn matras en wacht. Als het te lang duurt, spring ik in gedachten het water in en laat me zinken. Op het moment dat ik zink, zak ik weg in een halfslaap. Daar zie ik de tas met de jurk; hij zweeft over de bodem en lokt me de diepte in. Ik zwem als een vis, soepel en vrij. Een nieuw universum. Opeens een boot; een donker gevaarte dat zich door het oppervlak klieft en mij het zicht ontneemt op de tas. Ik ben weer een mens; ik vecht om adem. Rillend en schokkend word ik wakker.

In het onbarmhartige ochtendlicht staar ik in de badkamerspiegel naar de jongen met de lok schuin over zijn bloeddoorlopen ogen. *Met welk gebaar kies jij je vrijheid?*

Herbert had gelijk; mijn actie heeft geen enkele verlichting gebracht. Mijn spiegelbeeld lijkt niet onder de indruk van deze constatering, alleen chagrijnig. Mezelf zo uitgebreid bekijken heb ik niet eerder gedaan. Er is geen schuldbewuste blik in mijn spiegelbeeld, dus raak ik mezelf ook aan op plaatsen waar ik het nooit in het licht heb gedaan. Ben ik dit? Wie was ik voor dit alles, voordat Ramin kwam opdagen? De jongen die gedichten las op zijn kamer; wil ik daarnaar terug?

Alles doet zeer en mijn kleren voelen nog vochtig van de regen. Met een doek om mijn middel zoek ik beneden naar Herbert. Hij is er niet. Op tafel staat wel de doos met kaftans, alsof hij daar bewust is neergezet. Het zwarte exemplaar past het best, al is hij te lang en de bijhorende broek in de taille te groot. De soep van gisteravond zit koud in een pan. Koud is de soep ook lekker, maar ik raak niet vol. Zou Herbert helemaal verdwenen zijn? Misschien is hij op het balkon of op de zolder? Natuurlijk is hij daar ook niet, en evenmin in de tuin of langs het kanaal. Heeft hij werk, of een stamcafé? Ik heb geen enkel aanknopingspunt. Zou hij bij Elna zijn? Het is een logische plek; hij heeft haar een keer ontmoet. Maar ik kan onmogelijk bij Elna langsgaan, niet in deze kleren. Niet met lege handen, zo vlak voor de bruiloft.

De stilte van het huis beklemt. Al die belijningen, de knoopsgaten, de stof. En die uren werk; er is niets meer over. Hoewel... mijn eerste schets; die moet nog ergens zijn! De trap op. Maar de rugzak is leeg. Overal om me heen papieren. Een golf van verlichting – daar ligt het. Ik draai het vel om en bestudeer elk detail. Met een potlood krabbel ik erbij wat ik me nog kan herinneren. Het papier loopt vol. Steeds voller. Waarvoor? In deze vellen kan een bruid zich niet kleden. Ik heb geen stof, ik heb geen geld om alle materialen opnieuw aan te schaffen. En meer nog: ik heb geen machine. Mijn telefoon ligt naast de matras. Zal ik...?

De telefoon gaat lang over. Net als ik het wil opgeven, neemt Elna op. 'Jabir?' Ze klinkt overstuur.

'Is Herbert bij jou?'

'Nee, er is hier niemand.'

'Echt niet? Heb je hem nog gezien na gisteravond? Hij is hier niet. Zonder die man komt het niet goed met de jurk.'

Ze lijkt me niet te horen. 'Jabir, het is echt verschrikkelijk. Ze maakten elkaar allemaal dood. De ogen waren eruit gepikt... Ze vermoordden elkaar gewoon. Ik kon niet anders. Ze liggen hier nu allemaal om me heen.'

Ik klem de telefoon tegen mijn oor. 'Elna, waar heb je het over?'

'De kwartels,' jammert ze. 'O, Jabir, ik heb de kwartels moeten doodmaken. De mannetjes gingen elkaar te lijf, precies zoals in de boeken stond. Ik wist wel dat het zou gebeuren, maar...'

Ik onderbreek haar. 'Hoe heb je het gedaan?'

'Ramin zei dat ik het met een schaar kon doen. Ze hebben geen pijn geleden, denk ik.' Haar stem klinkt van ver.

Ik ben weer terug op de binnenplaats van het grote familiehuis in Afghanistan. Boven mij de brandende zon. De kippenveren die door de lucht dwarrelden. Mijn schaar die door de lucht zweefde en daarna in mijn handen was – rood en vol bloed – terwijl ik op Ramin afstormde. Het gegil van mijn tantes. Ik wilde hem raken; recht in zijn ziel. Ramin sprong opzij. Ik struikelde en viel op de ruwe kasseien. Ik krabbelde weer op en rende hem achterna. Maar hij was niet bang. Hij duwde zijn moeder opzij in zijn vlucht over het plein en kakelde als een kip, waarbij hij zijn handen fladderend heen en weer bewoog. Het leven was een spel en hij de eeuwige winnaar. Maar deze keer zou ik hem verslaan. Dus sprong ik, zo ver ik kon. Het lukte me zijn voet te grijpen, zodat hij viel. Nu zat ik boven op Ramin en hij lachte niet meer. Hij greep mijn pols en draaide eraan. Donkere flitsen door mijn hoofd en daar klonk de bulderende stem van oom Malik. 'Niet breken! Niet breken! Ramin, laat hem los.'

Hij trok mij van hem af en we stonden hijgend tussen de opgewaaide veren. Ramins ogen brandden.

Oom Malik begon te praten in staccato zinnen, alsof hij koranverzen opdreunde: 'Jabir, we hebben je opgenomen als een zoon, ondanks je afkomst. Jij mocht bij ons blijven, we geven je kansen. Ik kan niet toestaan dat jij hier in huis een gevecht begint. Deze schaar is niet langer veilig in jouw handen; hij herinnert je aan je afkomst waar je afstand van moet doen. Jij, zoon van mijn broer, bent nu mijn jongste zoon. Voortaan luister je naar Ramin, want hij staat boven jou.'

Hij rukte de schaar uit mijn handen en gebaarde de vrouwen om me mee te nemen, maar niet voordat hij een laatste opdracht gaf. Een waarvan hij wist dat ik die verafschuwde. 'Voortaan slacht jij de kippen.'

Onderstroom

Is iemand missen hetzelfde als iemand liefhebben? Het is twee nachten verder, en nog maar zes dagen tot de bruiloft. Twee dagen waarin ik naar Herbert heb gezocht, als ik niet bezig was alle schetsen opnieuw in detail uit te werken. Buiten is het onverwacht zacht weer. De zon schijnt niet, maar er waait een warme bries. Ik zit een tijd op het balkon. Bij elk geluid gaat mijn blik over de rand. Geen Herbert; hij lijkt van de aardbodem verdwenen te zijn. Wat zou hij doen in mijn situatie? *Daag hem uit tot liefde...* Hoe doe je zoiets? Is het mogelijk om de liefde uit te lokken, haar tot leven te wekken? En waarom doet bijna niemand dit? In Ramin is geen liefde. Of heb ik nooit goed gekeken? Herbert heb ik namelijk ook over het hoofd gezien. Hij had een verhaal, misschien zelfs een oplossing, maar ik heb er nooit naar gevraagd.

Het uitzicht op het balkon voldoet niet meer, zegt de onderstroom in mij. Dat is de winst van alles weggooien; je hoort beter wat er altijd al in je was. Ik probeer het in woorden te vatten, een gedicht, zoals vroeger mijn leraar. Maar het lukt niet, dus schets ik de jurk die ik voor Elna in gedachten had. Hij wordt anders dan mijn andere ontwerpen en ik kan niet besluiten of ik dit nu echt mooi vind. Naar buiten maar weer. Drie bruggen verder is het uitzicht nog steeds niet genoeg, vier bruggen verder ook niet. Ik overweeg door te wandelen, maar maak toch weer rechtsomkeert. Tegen de middag zoek ik langs het kanaal naar het juiste vrachtschip. Er liggen schepen met namen als de *Sound of Music*, de *Dartele vaart* en *De Waardigheid*. Die Hollandse schepen zijn niet interessant. Ergens tussen de kolossen in ligt een kleiner exemplaar. Ook lang, maar niet zo hoog. Hij heeft geen naam, alleen een grote open laadruimte vol rommel, en een verroeste kajuit. Er is ook een binnenruimte op de achtersteven en daar klimmen twee jongens uit. Ze lopen heen en weer over de smalle rand van het dek. De een schreeuwt naar de ander in een mij onbekende taal. Ze vouwen hun lichaam in een soort klapstoeltje aan de kant en roken een sigaret. De een duwt de ander omver. Ze lachen en vallen daarna in slaap, gewoon in de openlucht. Ik heb ze een tijdje van een afstand bestudeerd en kom nu dichterbij. Het zou geen enkele moeite kosten aan dek te klimmen, maar er is iets wat me tegenhoudt. Een absurde gedachte als antwoord op de vraag van Herbert die me maar niet loslaat. Wat is het beste wat ik van mezelf kan geven? En: met welk gebaar kies ik mijn vrijheid?

Doe het niet, klinkt die nieuwe jongen in mij die overal onverschillig onder lijkt. Hij heeft natuurlijk gelijk. Mijn tas is al ingepakt. Bovendien is er geen stof en geen geld. Het is een slecht plan. De ontwerpen van de jurk die netjes opgevouwen in het achtervak zitten, zijn mijn vrijbrief naar de toekomst.

De onderstroom in mij drijft me die avond opnieuw naar de kade. Het schip ligt er nog steeds en er brandt licht. Soms is het leven eenvoudig, ontdek ik. Soms hoeft het een het ander niet uit te sluiten. Soms lukken dingen in één keer.

De nacht is kort, maar dat is niet erg, want de tijd dringt.

Vijf dagen tot de bruiloft. Hoeveel verwachtingen heb je van iemand die je eigenlijk haat? Ik weet dat Ramin vlot kan werken als het moet. Zijn snelheid is zijn kracht. De grote vraag is niet of hij het kan, maar of hij het wil. Oplossen wat ik heb verwoest. En welk verhaal zal hij erbij vertellen? Vannacht nog kon ik het loslaten, maar nu ik na een sluiproute voor het naaiatelier sta, maak ik het liefst rechtsomkeert. Er ligt een groot naambord voor de deur met een aantal schildersspullen ernaast. *House of Malik* staat erop. Een vroege merel hipt rond de attributen. Als de verf nog nat geweest zou zijn, zou hij pootafdrukken hebben achtergelaten. Maar de letters zijn alleen nog maar met stift ingekleurd, ontdek ik als ik dichterbij kom. Ik pak het bord voorzichtig van de drempel. Spaanplaat. Er is niemand in de buurt. Ik laat mijn vingertoppen over de letters glijden. Mijn vingers schrijven iets anders. *Jabir Fayazi*. Het hout buigt mee; hoever zal ik gaan?

Ik werp het bord van me af en probeer de deur: op slot. Daar heb ik rekening mee gehouden. Helaas is de garagedeur ook afgesloten. De enige mogelijkheid is dan nog het raam aan de achterzijde. Het geeft mee, precies zoals ik had gehoopt. Ik buitel het atelier in. Er trekt een scherpe pijnscheut door mijn been, maar ik moet opschieten. Er kan elk moment iemand binnenkomen.

Het eerste wat opvalt, is hoe netjes het is. Smetteloos schoon. Er ligt geen draad op de glanzende vloer en het ruikt naar chloor. Op de hoek van de pastafel liggen opgevouwen stoffen. Mijn handen bladeren erdoorheen; het zijn prachtige dessins. Elna heeft vast nieuwe opdrachten binnengekregen. Wanneer ik opkijk van de stof, zie ik hem: een nieuwe machine! Eerst blijf ik nog staan – dit kan niet waar zijn –, maar dan ben ik al achter de naaitafel. Hij staat op de goede hoogte. Al die knoppen; wat een mogelijkheden! Er ligt een patroon naast. Als vanzelf belandt er een lap stof op het plateau. De naald danst soepel door de stof. Wat een geluksvogel: met deze machine moet het hem lukken. Zo gaat het altijd bij Ramin; als iets niet op orde is, maakt hij het op orde. En het lukt hem altijd en overal. Hij neemt nooit genoegen met een verlies. Hij zorgt voor een naam, een plaats, een atelier en een knechtje. De envelop die ik meebracht, brandt in mijn zak. Ramin verdient niets wat van mij is. Ik zou snel weg moeten gaan, voordat iemand de deur opent en mij ontdekt.

Met welk gebaar kies je je vrijheid?

De envelop is in mijn handen en ik besef dat ik nog iets vergeten ben. Alle letters krijgen dezelfde dikte; de fijnschrijver krast over het papier. Mijn initialen, mijn merk. Ik ben tenslotte iemand met een naam.

Nu snelheid maken, voordat de boot vertrokken is. Ik werk me door het open raam naar buiten en ren naar het water, met lichte, verende passen. In de rugzak zitten alleen een paar kaftans en mijn schetsblokken. De boot ligt er nog, de mannen zijn voorin aan het werk.

'*It's me, Jabir,*' roep ik vanaf de kade. Ik hoop dat ze hun afspraak van gisteravond niet vergeten zijn.

'*Yes, welcome,*' gebaart de kleinste man die ik gisteravond laat nog heb gesproken. '*Give me the rope.*'

Het touw is nog nat van de dauw en boven het water hangt ochtendmist. De dag moet nog beginnen en deze kabbelende golven kunnen me overal brengen.

'*I'm used to work on ships,*' roep ik, terwijl ik het touw richting de boot werp. Tussen leugen en waarheid zit alleen nog onbekend vaarwater.

De twee wisselen een blik van verstandhouding '*Come, take a step…*'
Boven ons krijsen de vroege meeuwen.

Uitzicht

Hier op het water zou ik wel voor altijd willen blijven. De boot vaart als een eiland door de tijd. Op dit eiland heb je geen papieren nodig en ben ik meer mezelf dan ik ooit ben geweest. We varen onder een hoge hemel en vaak door weids land; soms raakt je blik verloren. Aan wal kon je de beslissing nemen om weg te lopen en onder de mensen te zijn, al waren het onbekenden. Maar hier kun je niet verdwijnen. Je moet tevreden zijn met weinig ruimte en eentonigheid. Volgens de twee jongens gaan veel mensen daaraan kapot. Ze raken aan de drank of zoeken het bij elke aanlegplaats in vrouwen. Daar hopen ze zichzelf terug te vinden. Maar alleen wie het in de leegte met zichzelf uithoudt, raakt de eenzaamheid kwijt, zegt de jongste met een blik die ik herken. Daarom wil ik nog langer met ze meevaren, eerst richting het Ruhrgebied en daarna waar het werk ze heenleidt. Ze leven al jaren op het water; dit is hun thuis.

Er kwamen ruim tien berichten binnen op mijn telefoon. Ik hoef ze niet te openen om te weten welke chaos ik heb achtergelaten. Zou het Ramin zijn, die mij bedankt voor de ontwerpen? De kans is klein, maar je weet het nooit. Als ik Elna en Herbert moet geloven, blijken bizarre verhalen soms te kloppen. Zoals dat verhaal van die vijf broden en twee vissen dat ik op een avond bij Elna hoorde. Ik heb geen brood en vis gegeven, maar wel de ideeën uit mijn hoofd. Zijn die niet minstens zo veel waard? En zou er nu ook genoeg voor mij overblijven? Laat het waar zijn; laat die vreemde God van Elna zich maar bewijzen.

Er zijn vast berichten van Elna: wie moet er op de bruiloft nu geprezen worden? En de bruid zelf, zou die me ook gebeld hebben? Weten doe ik het niet, want ik heb geen enkel bericht geopend.

Nadat alle klussen gedaan zijn, is er het dek. Daar is de lucht; de geur van vrijheid. Ik ben op de voorsteven, mijn blik vooruit. Soms zit ik bij de jongens, maar als ik naar voren loop, laten ze mij met rust. Dit moment is van mij. Mijn verhaal gaat verder in de schemering. Hoewel er op dit moment niet veel te vertellen valt; er is geen verleden en geen toekomst. Alleen ik, de hemel die langzaam verkleurt en de vogels. De lucht is er vol van.

Verklarende woordenlijst

In de Afghaanse cultuur is de betekenis van een naam erg belangrijk. Daarom zijn in deze woordenlijst ook de namen van de Afghaanse personages uit het boek opgenomen.

Allah o akbar	God is groot
bazaar	markt
bolani	Afghaans deeggerecht, gevuld met groenten
Dari	de officiële taal van Afghanistan
Hadi	leidt naar het licht
Hazara	minderheid in Afghanistan, wordt vaak gediscrimineerd
Jabir	trooster, iemand die je veilig stelt
kaftan	lang traditioneel mannengewaad
kola	Afghaans hoofddeksel
Malik	meester, engel, koning
madar	moeder
nanna	oude Perzische uitdrukking voor oma, wordt soms ook als koosnaam voor moeder gebruikt
Noor	licht
padar	vader
Pashtun	grootste etnische groep in Afghanistan
Ramin	krijger
Samir	wind
tandoor	oven

Naschrift van de auteur

Jabir reist verder, over het water. Bestaat hij wel of niet? Reis in gedachten met hem mee, want soms blijken bizarre verhalen te kloppen. Veel details uit dit boek zijn aan het echte leven ontleend. Al zolang ik met mijn gezin woon en leef in de wijk Kanaleneiland in Utrecht, ontmoet ik mensen uit verschillende culturen. Ieder met zijn eigen verhaal. Elke woensdagavond eet ik met een kring mensen van wie velen zonder papieren leven. Ze bivakkeerden vaak op straat met hun verleden als enige bezit. Achter alle verhalen in de krant zitten mensen van vlees en bloed. Mensen met verlangens. Officieel mag je zonder papieren niet werken en omdat je zonder papieren ook niet terug kunt naar het land van herkomst, is de toekomst voor velen ongewis. Sommigen zijn wees en missen een thuis. In mijn wijk ben ik omgeven door moedige mensen die dit thuis willen bieden. Samen zoeken naar mogelijkheden en onmogelijkheden in het leven. Soms betekent dit dat mensen terug moeten naar hun land. Andere keren blijkt bestaansrecht in Nederland toch mogelijk. Niet elk verhaal loopt goed af; soms verdwijnen mensen weer met onbekende bestemming, net als Jabir. Ze laten een lege plek achter. Sommigen zwerven al hun hele leven van land naar land; op zoek naar zichzelf en een plek om – opnieuw – te kunnen wortelen.

Bestaansrecht

Het naaiatelier bestaat echt. Elke week snorren daar de machines. Elmarie Bouma is de drijvende kracht achter dit atelier, waar mensen uit allerlei culturen worden aangemoedigd met hun talent bezig te zijn. Voor al deze mensen geldt dat het zomaar kan gebeuren dat je op een avond met iemand aan tafel zit die ooit je vijand was. En dat je een opdracht krijgt om een trouwjurk te maken. Die dingen zijn gebeurd en gebeuren nog steeds in *Huis van Vrede*. Net als de kwartels die uit hun schaal kwamen kruipen en allemaal een naam kregen. De broedmachine stond tijdens de maaltijd vaak midden tafel, zodat we niets te hoefden te missen. Soms haalden we de kinderen uit bed als er weer een snaveltje zichtbaar werd. Ik heb met deze novelle geen recht kunnen doen aan alle afzonderlijke verhalen van mijn kringleden. Dit boek is een ode aan hun bestaansrecht.

Gratis poster

Samen met het naaiatelier ontwierpen we een prachtige poster bij deze novelle; een aanmoediging om met de vogels te vliegen. Download deze gratis poster met onderstaande code op: www.mirjamvandervegt.nl
Wil je meer weten over de producten van het naaiatelier, neem dan contact op via deze website.

Code voor het downloaden van de poster: NABG16

Andere boeken van Mirjam van der Vegt

Mirjam van der Vegt schrijft boeken over stilte en vrij leven. Lees en beleef nu ook haar andere uitgaven:

Schaduwvlucht (roman)
De laatste patiënt (roman)
De zomer van de vreemdeling (novelle)
Koester je hart – 40 stiltetips voor je leven
Stille momenten – notitieboek
Stiltedagboek – 365 Bijbelmeditaties
Herademen met de Psalmen – 40 stiltemeditaties
Stil mijn ziel – muziek en stiltewoorden (cd)
Stil – de reis naar binnen (glossy)
Durf te leven – vrij bewegen in een angstige wereld
Adem de dag – 365 momenten van verstilling en bezieling (nieuw)

NIEUW

Adem de dag

365 momenten van verstilling en bezieling

Verstilling is lucht in je leven. We verlangen naar onthaasting in alle facetten in ons bestaan. Momenten die je ziel voeden en innerlijke rijkdom brengen. In dit boek geeft stiltetrainer Mirjam van der Vegt een inzicht of aanmoediging voor elke dag, met aanvullende bijdragen van herder Sjoerd Stellingwerf (stilte vanaf het open veld) en Alex van Pelt (stilte op de werkvloer). Adem de dag!
Bij dit boek hoort een gratis online mini-retraite met bijdrages van alle drie de schrijvers.

Braille opent de wereld voor blinden

Houdt u van lezen? En gunt u dit kinderen en jongeren met een visuele handicap ook? Steun dan het werk van Light for the World. Deze stichting maakt lesmaterialen in braille en in gesproken vorm beschikbaar. Zo krijgen blinden écht de kans om hun talenten te ontplooien.

We doen dat het liefst via Inclusief Onderwijs; dat zijn scholen waar ziende én blinde kinderen samen optrekken. De integratie van blinden verbetert wanneer zij niet langer als aparte groep worden behandeld in de samenleving.

Braille opent de wereld voor blinden. Het kost gemiddeld € 25,- om een schoolboek in braille beschikbaar te maken. Helpt u mee? Ga naar www.lightfortheworld.nl of geef via IBAN NL10 INGB 0000 0001 31 (giro 131). Alvast heel hartelijk dank!

Tip: hebt u de braille boekenlegger niet ontvangen bij dit boek? Vraag die dan gratis aan bij Light for the World.

LIGHT FOR THE WORLD

www.lightfortheworld.nl